Arena-Taschenbuch
Band 1280

Nur ganz allmählich lösen sich die Nebel auf, die über der Herkunft des vierzehnjährigen George liegen. Behutsam und unter stetig steigender Spannung läßt der Autor den »Helden« sein bisheriges Leben erzählen. Da es dabei viel herauszufinden gilt, ist sozusagen ein Jugendkrimi daraus entstanden, in dem die Beteiligten selbst den Kommissar spielen.

Verband Bildung und Erziehung,
Baden-Württemberg

Leon Garfield

Der Fremde im Nebel

Das Geheimnis im Moorwald

Arena

1. Auflage als Arena-Taschenbuch 1976
Lizenzausgabe des Verlags Aschendorff, Münster

Originalverlag: Longmans Young Books Ltd, London und Harlow
Originaltitel: »Devil-in-the-Fog«
Aus dem Englischen von Renate M. Wiggershaus

Umschlaggestaltung: Ute Martin
Gesamtherstellung: Richterdruck Würzburg
ISBN 3 401 01280 0

Inhalt

Wir genialen Treets

Mein Vater liegt schon wieder im Fußblock. Oh, diese Ungerechtigkeit! Mein Vater ist ein Genie, eine Geisteskraft, wie jeder von uns Treets. Er ist ein großartiger Mann, dessen Geist genauso groß ist wie sein Körper, ein stattlicher Mann, der in seinem Benehmen mehr Würde zeigt als alle Richter in Kent zusammen – außer an den Tagen, an denen DER FREMDE kam.

Wenn der Fremde kam, war mein Vater mutlos und verzagt, als ob von dem Fremden Böses und Teuflisches ausginge. Zwischen ihm und meinem Vater war es nämlich zu einem unheilvollen Vertrag gekommen, der seitdem an der Seele meines Vaters zehrte.

Der Fremde kam immer am 3. Juni und am 3. November, entweder ins Dorf Rye oder nach Sandwich, und er kam immer erst nach Einbruch der Dunkelheit, zwischen neun und zehn Uhr, wenn die kleineren Treets schliefen und sich außer mir und meinem Vater niemand mehr im Gästezimmer des Wirtshauses aufhielt.

Wir saßen dann vor dem Kamin (wenn ein Feuer brannte) und warteten, und der Geist meines Vaters begann zu erlahmen. Sein imponierendes Gesicht nahm einen gequälten Ausdruck an, und sein ganzer Verstand schien ihm in die Stiefel gerutscht zu sein. Seine Augen, aus denen sonst der Einfallsreichtum blitzt, blickten leer, und sein Geist, der die unvergeßlichsten Bühneneffekte ersann, die unser Jahrhundert je sah, war so schal wie abgestandenes Bier.

Dann kam der Fremde. Jedesmal starrte er mich mit einem kalten, unheimlichen Blick an. Das Geschäft wurde abgewickelt, keiner sprach ein Wort, und er verschwand wieder in der Nacht. Ein schlimmer Tag war überstanden.

Am nächsten Morgen war mein Vater wieder Mr. Thomas

Treet, und auch die Welt sah nun wieder freundlicher aus. So weit wir überhaupt zurückdenken konnten, kam dieser Mann, und eines Tages glaubten wir Treets schließlich, einen Fremden in der Familie zu haben, sei genauso natürlich wie ein Loch im Strumpf: Jeder hat es, aber keiner prahlt damit.

Manchmal, wenn wir unterwegs einen finster aussehenden Mann mit wäßrigen Augen sahen, braun oder schwarz gekleidet und schrecklich aussehend, der in einer schnell an uns vorbeieilenden Kutsche saß, sagten wir uns: »Da fährt der Fremde einer anderen Familie, schlimmer als unserer, wahrhaftig.«

Dann zogen wir mit unserem Wohnwagen weiter und vergaßen ihn schnell, denn wir dachten nur noch an unsere künftigen, triumphalen Theatererfolge, was uns in ständige Erregung versetzte.

In einem großen Planwagen reisten wir von Stadt zu Stadt, von Wirtshaus zu Wirtshaus: eine gelbbraune Welt unter einem gelbbraunen Himmel. Sechs von uns saßen im Wageninnern und zwei draußen – falls das Wetter es zuließ. Wenn es regnete und wir uns gerade fern von der nächsten Stadt auf einem aufgeweichten Weg in der Grafschaft Kent befanden, setzten wir uns alle acht in den Wagen. Wir hockten dann zwischen den Rollen und Töpfen und Körben und Tiegeln – und an der Rückseite des Wagens steckte Otway, unser Pferd, seinen Kopf herein.

Wenn dann der Regen auf die Plane prasselte, so stark, daß sie fast zerriß, erzählte Mr. Treet von unserer glänzenden Zukunft und von dem ungeheuren Ruhm, den wir sogar auf der Londoner Bühne ernten würden. Daran zweifelte er keinen Augenblick, denn es gehörte zum Wesen, zur Natur meines Vaters, nach vorn zu blicken und die Vergangenheit als vorbei und gestorben zu betrachten.

»Treets«, pflegte er dann zu sagen, »blickt niemals zurück, und grübelt nie über Vergangenes nach, denn das Vergangene ist nichts weiter als bloßes Material für den Aufbau einer reichen Zukunft.«

Ja, wir sind in der Tat eine Familie mit einer goldenen

Zukunft. Ich erinnere mich, wie einmal, als wir an der Bodiam-Burg, zwischen Tenterden und Rye, haltmachten und der Regen Geschossen gleich vom Himmel prasselte, ein völlig durchnäßter Straßenräuber Unterschlupf bei uns suchte. Er hämmerte gegen die Wagenwand und steckte auch gleich seinen Kopf herein, der wie ein entwurzelter Strauch mit zwei roten Beerenaugen aussah.

»Vagabunden!« rief er voller Abscheu und kletterte unaufgefordert in den Wagen. Zuerst war er sehr grob und prahlerisch und machte Anstalten, seine Pistole zu gebrauchen, aus der, wenn er sie abgefeuert hätte, höchstens Regenwasser gespritzt wäre.

»Wofür sind denn die Pfähle und Seile und Rollen?«

»Mein Herr, das sind Flugapparate«, erklärte mein Vater.

Der Mann grunzte verächtlich, blickte aber doch neugierig auf die Flaschenzüge. »Wie funktionieren die denn?«

»Sie sind nach den Gesetzen des Archimedes gebaut, und ich selbst habe noch einige Verbesserungen vorgenommen. Sie sind ein Käfig für die Kräfte der Natur.«

Er rümpfte die Nase und blickte sich mit großen Augen in der geheimnisvollen Dunkelheit um: Mehr Augenpaare, kühl und stolz, als er erwartet hatte, blickten ihn an.

»Und was ist in den Körben?«

»Bücher, mein Herr, und all die Dinge, die ein Künstler braucht.«

»Und was für Dinge sind das?«

Ich überlegte, ob er wohl vorhatte, uns zu berauben.

»Flügel und Kronen und Engelsgewänder und Teufelshörner – und vieles mehr.«

Wieder rümpfte er die Nase, doch war er schon etwas kleinlauter geworden, und er wunderte sich offensichtlich, in was für eine Welt er da geraten war. »Und was ist in den Töpfen, die so dickbäuchig sind wie Sie selber?«

Unser Vater ist ein stattlicher Mann, auch im Hinblick auf seinen Körperbau, aber dabei keineswegs dick. Die höhnische Bemerkung des Straßenräubers war eine gewollte Grobheit, um uns einzuschüchtern, und keine den Tatsachen entsprechende Beobachtung.

»In jenen Töpfen, mein Herr, sind alle Geheimnisse und Wunder der Natur enthalten: Zuckeröl, Berlinsirup, Veilchenkristalle, Feuersalz. Ja, sogar Zitronenkristalle. Gefährliche Kristalle, mein Herr, heftig und tödlich wie Tiger! Nehmen Sie eins, und legen Sie nur die Hand darauf – was, glauben Sie, wird geschehen? Eine riesige Rauchwolke wird aufsteigen, und in Sekundenschnelle werden Sie verschmort sein wie eine angebrannte Wurst.«

Das war zuviel für den Strolch. Er warf noch einen letzten Blick auf die ungewöhnliche Familie, die da zwischen ihren dunklen und geheimnisvollen Ausrüstungsgegenständen beisammensaß, und rannte davon, als ob es um sein jämmerliches Leben ginge.

Als es sicher war, daß er nicht mehr zurückkommen würde, begann mein Vater über das ganze Gesicht zu lachen. Er beugte sich auf seinem knarrenden Korb nach vorn und rieb sich vorsichtig die Knöchel und Waden, denn es war noch nicht lange her, daß er in Tenterden im Fußblock gelegen hatte.

»Ihr Treets«, sagte er, »überlegt einmal. Wenn so ein wilder Schurke schon halb von Sinnen ist, nur weil er von unserer Kunst hört, dann könnt ihr euch vorstellen, meine Lieben, was für einen Aufruhr und Beifall es geben wird, wenn wir auf der Londoner Bühne stehen. O ihr Treets, das wird großartig!«

Das war am 1. Juni. Am 3. Juni kam der Fremde. Um neun Uhr abends. Er verbreitete einen Geruch von Nebel, Feuchtigkeit und Moder. An diesem und auch am folgenden Tag war mein Vater niedergeschlagen und trübsinnig.

Da fragte ich ihn zum erstenmal geradeheraus, welche Rolle denn der Fremde in unserem Leben spiele. Mein Vater wandte sich mir zu mit einem traurigen Gesicht, legte seine Hand auf meine Schulter und sagte: »George, mein Sohn, mein Erstgeborener, danach frage mich niemals.«

Er sagte das mit einer solchen Feierlichkeit, mit einer solchen tragischen Würde, daß es mich an seinen Auftritt als Abraham in jenem Stück erinnerte, in dem ich den Isaak spielte und Hotspur Treet, unser jüngstes Familienmitglied, auf Vaters Flugapparat vom Himmel herabgeflogen kam, um der opferbereiten Hand Abrahams Einhalt zu gebieten, während Jane Treet, in gekräuselte Wolle gewickelt, aus einem Gebüsch heraus wie ein Widder blökte. Wir führten dieses Spiel zuletzt vor zwei Jahren in der St.-John-Kirche in Faversham auf. Ich war zu der Zeit zwölf Jahre alt und Hotspur fünf. Mein Vater kam damals in den Fußblock, weil Hotspur mit dem Flugapparat durch ein kostbares Kirchenfenster geschleudert worden war. Seither haben wir nicht mehr in Faversham gespielt, worüber wir alle sehr traurig sind, weil unsere Mutter in Faversham starb und dort begraben liegt. Meine Mutter starb im November. Mein Vater, der beim Leichenschmaus ziemlich viel Bier getrunken hatte, sagte voll Traurigkeit zu uns: »Sie fliegt, Kinder, sie fliegt jetzt mit besseren Flugmaschinen als unseren.«

Das führte bei mir zu der festen Überzeugung, im Himmel gäbe es goldene Flaschenzüge in Hülle und Fülle, die niemals zerbrächen, nie klemmten und auch niemals junge Treets durch bunte Kirchenfenster schleuderten.

Sie dürfen aber nicht meinen, Flugapparate seien die wichtigste Erfindung meines Vaters. Nein, er erfand auch Kaskaden und Springbrunnen, Gespenster, Drachen und Engel, Luzifer-Rauch und Höllenfeuer – es gibt einfach nichts, womit er sich nicht beschäftigt hätte. Mein Vater ist deshalb sehr stolz, wie alle Treets. Das machte sein Verhalten dem Fremden gegenüber um so unheimlicher und unverständlicher. Am unheimlichsten war es jedoch, wenn mein Vater den Geldbeutel mit Guineen entgegennahm: Als ob er mit giftigen Spinnen gefüllt gewesen wäre.

Doch sonst ist mein Vater so stolz wie der heilige Paulus – selbst im Fußblock. Dann sitzt er da und mustert die gaffenden Müßiggänger, als ob er Hof hielte. Sie würden nie vermuten, daß die gefesselten Füße mit den geflickten Schuhen, die an der einen Seite aus dem Fußblock gucken, zu dem großen Mann auf der anderen Seite der fest zusammengeschlossenen Bretter gehören. Ein Vagabund? Ein

Scharlatan? Wer könnte meinen Vater so nennen? Nur die duckmäuserischen, hochnäsigen Richter und der unverschämte Wirt des Gasthauses »Zur Edelfrau« in Sandwich.
Dann kam wieder ein 3. November – ein trüber, gelblicher Tag, der Nebel ankündigte. Aber der Fremde kam nicht. Die Freude darüber wurde anderntags dadurch getrübt, daß unser Vater die Forderungen des Gastwirtes nicht begleichen konnte und als »prahlerischer Schwindler« und »anmaßender Vagabund« in den Fußblock kam. Noch im letzten Jahr, als wir mit den Guineen des Fremden bezahlten, hatte es geheißen: »Ich danke, Mr. Treet!«
Aber das kann ich versichern: Wäre nicht dieser habgierige Gastwirt gewesen, wir Treets hätten vor Freude getanzt. Eine Welt ohne den Fremden, das war wie eine Mahlzeit ohne Rechnung.
»Hallo, ihr Treets«, sagte mein Vater, als er in den Fußblock geschlossen wurde, »seht nur, wie die gemeine, ungehobelte Welt mit einem Genie verfährt. Was sie nicht verstehen kann, verspottet sie. O diese Narren, diese nutzlosen Narren! Aber wir, meine Lieblinge«, und dabei blickte er voller Verachtung auf den Gastwirt, »wir wissen, daß ein Wölkchen vom Luzifer-Rauch . . .«
»Luzifer-Rauch?« höhnte der unerträgliche Mensch, denn der Fußblock befand sich ganz in der Nähe des Gästezimmers vom Wirtshaus. »Was kennt denn so ein zerzauster Bauernlümmel wie Mr. Treet mehr davon als den Namen? He? Selbst mein Hinterteil weiß besser Bescheid, ha-ha!«
Mein Vater blickte ihn mit ungeheurer Würde an und sagte: »Dann sollten Sie Ihren Hut auf dem Hintern tragen, mein Herr, und Ihre Hosen über den Kopf ziehen, denn der ist genauso dumm wie ein Ferkel! Kinder, erzählt diesem ungebildeten Menschen, worum es sich beim Luzifer-Rauch handelt und wie großartig er ist!«
Der letzte Satz war an uns gerichtet, denn wir ließen Mr. Treet nie im Stich, wenn er im Fußblock war. Wir saßen dann auf diesem verhaßten Gegenstand und erklärten den gaffenden Müßiggängern, was für verrückte Folgen die Gerechtigkeit in Kent habe.

»Luzifer-Rauch ist überwältigend!«
»Man braucht nichts anzuzünden!«
»Er ist von wilder Schönheit!«
»Szonderbar, höchszt szonderbar!« Das war Hotspur.
Natürlich war jetzt das Interesse des Gastwirtes geweckt, und er bettelte und drängte meinen Vater zu dem Versprechen, sobald er am Abend aus dem Fußblock käme, in der Gaststube eine Probe des Luzifer-Rauchs zu zeigen. Es war typisch für die Großzügigkeit meines Vaters, daß er nie bemerkte, wie schmählich er ausgenutzt wurde. So sollte er auch diesmal nur dazu dienen, Gäste ins Wirtshaus zu locken, weil das Geschäft schlecht ging.

Berlinsirup und Veilchenkristalle

Ich darf wohl behaupten, daß es keine Auszeichnung für uns war, im Wirtshaus »Zur Edelfrau« eine Vorstellung zu geben. Das Haus war ein wackeliger, knarrender Bau, in dem, so erzählte man, des Nachts die Wanzen zu hören waren, die schmatzend das Fleisch der schlafenden Gäste kauten – das Fleisch der Gäste, aber niemals das des schlafenden Wirtes. Keine Wanze hätte sich so erniedrigt, denn er stank nach Talg und altem Fisch. Doch er tat sehr vornehm und hatte den Namen des Gasthauses von »Xanthippe« in »Königin von Spanien« und schließlich »Zur Edelfrau« geändert, als ob es dadurch besser würde.
Um sechs Uhr abends wurde mein Vater freigelassen. Er ging sofort zu unserem Wagen, in dem er sich für zwei Stunden einschloß, um seine Vorbereitungen zu treffen. Wir anderen Treets bezogen unsere Posten, um Gaffer, Ideenklauer und Diebe fernzuhalten.
Um acht Uhr nahm Mr. Treet seinen Platz im Wirtshaus ein und war bereit, Luzifer-Rauch zu erzeugen. Doch da der Wirt meinte, es hätten sich noch nicht alle Gäste ihren Möglichkeiten entsprechend vollaufen lassen, mußten wir

warten. Wir Treets waren alle da, sogar Hotspur, der aber bald so müde wurde, daß er schließlich einschlief und fast vom Stuhl fiel. Das Gästezimmer war inzwischen brechend voll. Der Wirt hatte eine große Menge verdünntes Bier in einer Ecke bereitgestellt, da er genau wußte, daß der Rauch einen ungeheuren Durst hervorrufen würde. Wir Treets saßen unauffällig gekleidet an einem Tisch. Das macht immer einen guten Eindruck und wirkt so, als ob wir Vertreter des großen Unternehmens Natur wären und einige Kostproben ihrer Geheimnisse verteilten.

Unser Luzifer-Rauch ist ein gutes Beispiel dafür. Zuckeröl und Veilchenkristalle sind die Hauptingredienzen, die Hauptzutaten. Dazu kommen noch einige seltene und nur schwer zu beschaffende Stoffe. Mit ihnen wird der echte, purpurbäuchige Nebel des Luzifer-Rauchs erzeugt. Aber wie jedes Genie, findet auch mein Vater Vergnügen am Experimentieren und verändert jeweils die Anteile dieses oder jenes Stoffes, um eine noch großartigere Wirkung hervorzurufen. Manchmal mißlingt das, aber manchmal erzielt er auch Effekte, die ihn selber in Erstaunen setzen. Dann lächelt er uns übrigen Treets zu, während der Luzifer-Rauch wie ein Geisterstrom über seinem Kopf braust und tost. Einem solchen Sturm sah das Gästezimmer des Wirtshauses »Zur Edelfrau« entgegen.

Punkt neun Uhr sagte mein Vater: »Meine Herren, Herr Wirt, alles, was ich von Ihnen verlange, ist, daß Sie nicht in Panik verfallen.« Die Antwort waren Gelächter und Spott. Doch er lächelte ruhig, und als sich der allgemeine Tumult gelegt hatte, fuhr er feierlich fort: »Ich bitte Sie, bleiben Sie auf Ihren Plätzen sitzen, denn solange Sie sich ruhig verhalten, wird Ihnen nichts zustoßen. Werden Sie nicht ängstlich, wenn sich merkwürdige und unheimliche Gestalten in der raucherfüllten Luft bilden. Es sind nur Erscheinungen der Natur, keine bösen Geister, obwohl sie vielleicht Hörner tragen und bösartig aussehen. Versuchen Sie nicht, sie zu schlagen, selbst wenn die Gestalten Sie zu verschlingen drohen, denn glauben Sie mir, sie sind harmlos.«

Er zog einen Tiegel unter seinem Rock hervor und stellte ihn auf den Tisch. Es wurde mäuschenstill. Von allen Seiten schoben sich Köpfe vor, alte und junge, um zu sehen, was in dem Tiegel war. Zwei wichtige Substanzen fehlten noch. Mr. Treet schnippte mit seinen öligen Fingern zu Hotspur hinüber, den wir schnell geweckt hatten, und dann zu mir. »Diese beiden«, rief mein Vater, »sind das Alpha und Omega der Familie, der Anfang und das Ende.«
Hotspur reichte ihm nun die eine Substanz, und ich gab ihm die letzte, die wundersamen Veilchenkristalle.
»Meine Herren, ich zeige Ihnen nun den Luzifer-Rauch.« Mein Vater schüttete langsam zuerst den einen, dann den anderen Stoff in den Kupfertiegel.
Die Inkubationszeit – für Uneingeweihte übersetze ich das Wort mit »Ausbrütungszeit« – die Inkubationszeit des Luzifer-Rauchs beträgt dreißig Sekunden: dreißig stille, lastende Sekunden, in denen die kleinen, friedlichen Seelen der Substanzen sich zu leidenschaftlichen Gefühlen der Liebe und des Hasses steigern, still vor sich hinschwelen, bis ihnen ihre drückende Nähe unerträglich wird. Es sind jene berühmten dreißig Sekunden, in denen die Bewohner der kleinen Kupferwelt sich auf die Revolution und den flammenden Krieg vorbereiten, angeordnet von der Natur und heraufbeschworen von Mr. Treet, meinem Vater.
Zwischen Fenster und Tür sah ich einen Mann. Entweder stand er auf einer Bank, oder er war erstaunlich groß, oder aber sein neugieriger Kopf hatte sich vom Hals losgerissen und trieb nun in der von Bier und Schweiß erfüllten Luft umher. Auf seinem pockennarbigen Gesicht lag ein Ausdruck von ergötzlichem Staunen und Schrecken.
»Siebenundzwanzig – achtundzwanzig – neunundzwanzig«, verkündete Edward, der mit seinen zwölf Jahren der intelligenteste Treet war und der einmal Vaters Explosionen weiterführen sollte.
»Dreißig!« hauchte der pockennarbige Riese, und der Tiegelinhalt stieg mit einem sachten Knall in die Luft.
Ich selbst habe bereits oft miterlebt, wenn Mr. Treet, mein Vater, den Luzifer-Rauch vorführte: Für Mr. Dymer's

Company, für Mr. Robinson's Company und einmal auch für einige Herren aus Bristol. Aber alle diese Vorführungen wurden übertroffen von seiner Glanzleistung an jenem Novemberabend in der jämmerlichen Gaststube des Wirtshauses »Zur Edelfrau«.
Zuerst stieg der Rauch ganz dünn auf, in einem hellen, gelbbraunen Ton – das war auf den Berlinsirup zurückzuführen, den mein Vater besonders gern verwandte –, doch dann gewann er an Stärke. Er schien mit ungeheurer Geschwindigkeit aus dem Tiegel zu strömen, wobei er eine feste, kurze, von Feuer geäderte Säule bildete, bis sich Wolken zu gestalten begannen, die die unsichtbaren Formen der Luftströmungen annahmen, Wolken von einer Braun-, Purpur- oder sogar Grünfärbung, die schwer und massig im Raum hingen, bevor sie von den nachströmenden Schwaden weggestoßen und auseinandergedrängt wurden – wie eine Menschenmenge bei einer Hochzeit oder einer Hinrichtung.
Keuchen, Schreie und Ausrufe der Verwunderung erfüllten das Gästezimmer. Das Wirtshaus »Zur Edelfrau« hätte plötzlich genausogut im Tatarenland, in Arabien oder an einem anderen wunderbaren Ort sein können. Die schwitzenden Männer, der schweigende Wirt, die düstere Decke und die schmutzigen Wände – all das wurde verdeckt von der aufsteigenden Erhabenheit des Luzifer-Rauchs. Nur die flackernden, schäbigen Talgkerzen waren noch zu sehen, die hier und dort die Wolken aufleuchten ließen. Dabei war der Nebel weder scharf noch beißend. Das war Mr. Treets größtes Geheimnis und beruhte zum Teil gewiß darauf, daß in dem Tiegel nur reine Feuersalze waren.
Als letzter verschwand der pockennarbige Riese an der Wand. Sein Kopf schwamm auf den Dämpfen, die leicht sein Kinn berührten, dann den offenen Mund, die knochige Nase und schließlich die weit aufgerissenen Augen, die Gott weiß welche Wunder sahen. Übrig blieb nur ein öliges Büschel Haare, das aus den Rauchwolken ragte wie ein Haufen Riedgras aus einem nebligen Moor.
Wir Treets, die wir an Wunder gewöhnt waren, warfen

mit unbewegtem Gesicht flüchtige Blicke dorthin, wo wir einander vermuteten, und fingen an, mit der flachen Hand in die Luft zu schlagen, um noch reizvollere Wolken zu erzeugen. Das machte uns großen Spaß, besonders Hotspur, der zwischen den Rauchschwaden umherhüpfte und aus ihnen Schleifen und Spiralen formte. Ab und zu blies er auch schwerfällige Schiffe gegen Fenster und Türen, und dabei sah er aus wie ein Posaunenengel auf alten Bildern.

Noch immer brodelte der Tiegel. Später hieß es, die Luft sei so von dichtem Rauch erfüllt gewesen, daß ein schäbiger Dieb aus Kent seine eigenen Taschen um sieben Pfund erleichtert und damit bei zwei Gläubigern seine Schulden bezahlt hätte, ohne seinen Fehler gleich zu erkennen.

Aber es geschah noch etwas anderes, etwas, das genauso außergewöhnlich wie furchterregend war.

Lichtberge und Farbengebirge hatten sich in der Luft aufeinandergetürmt. Doch plötzlich brachen sie auseinander, wirbelten auf und fielen in einem verrückten Tumult wütend übereinander her. Es schien, als würde eine Wolke die andere aufsaugen. Aus Purpur wurde Grau und schließlich Schwarz. Die Wolken wichen zur Seite, bis zuletzt eine lange, dunkle Gasse vom Tiegel aus in die Nacht zu führen schien.

Und dann – dann kam durch diese Gasse eine dunkle Gestalt – sehr groß, mit flatterndem Schwarz um Kopf und Schultern. Sie schritt auf meinen Vater zu.

»Was ist das?«

»Es ist auf einmal kalt wie im Grab!«

»Was hat er gemacht?«

»Eine Gestalt! Da! Schwarz! Gehörnt!«

»Er hat den Teufel gerufen!«

Ich sah, wie mein Vater mit seinem Stuhl zurückwich, und hörte ihn aufspringen.

»Sie sind also gekommen!« rief er.

Die schwarze Gestalt blieb stehen. Ein unheimlicher Augenblick. Dampfschwaden wirbelten um ihr graues, totes Gesicht und leckten an ihren feuchten Augen.

»Aber es ist das letztemal. Ich werde nie mehr kommen, Mr. Thomas Treet. Mein Auftraggeber hat es befohlen.«
Es war der Fremde. Er war gekommen wie der Teufel zu einer Taufe. Er hatte die Tür geöffnet und die Nacht und den Wind hereingelassen, die sofort wie Ungeheuer durch die Gaststube zur gegenüberliegenden Tür gestürzt waren. Der Wirt hatte sie offengelassen, weil er viel zuviel Bierfässer in den Durchgang gestellt hatte. Durch den Zugwind war die dunkle Gasse entstanden, durch die der Fremde hereingekommen war.
Einen Augenblick lang war unser Vater sprachlos. Dann schloß wohl jemand, vielleicht war es auch der Wind, eine der Türen, und die Gasse füllte sich rasch wieder mit Luzifer-Rauch. Die Gestalt des Fremden schien sich aufzulösen – ein Gaukelspiel der schwankenden Rauchschwaden.
»Nach dreizehn Jahren!« hörte ich meinen Vater mit völlig veränderter, fremder Stimme rufen. »Jetzt sagen Sie ›nie mehr‹! Was soll ich tun? Dreizehn Jahre sind eine lange Zeit. Möge Gottes Barmherzigkeit mit mir sein, ich kann nicht mehr. Nein! Sollen die Flammen der Hölle über mich kommen und mich verbrennen. Ich habe eine Seele, mein Herr, sagen Sie das Ihrem Auftraggeber. Glaubt er denn, er hätte mich für immer gekauft? Sagen Sie Ihrem Auftraggeber, daß sein ›nie mehr‹ Thomas Treet für immer befreit hat. Fort mit Ihnen, Sie Teufel!«
Aber so großartig Mr. Treet auch gesprochen hatte, er hatte nur seinem eigenen Rauch die Stirn geboten, denn der Fremde war sofort wieder gegangen. Die volltrunkenen Gäste dachten, unser Vater hätte einen Pakt mit dem Teufel geschlossen und versuche nun, ihm zu entrinnen. Auch wir übrigen Treets glaubten es beinahe, denn unser Vater war blaß und zitterte. So hatten wir ihn noch nie gesehen.
»Raus! Raus mit euch!« brüllte der Wirt, der eine Chance sah, uns um Abendessen und Bett zu prellen, die er als Lohn für die Aufführung hätte zur Verfügung stellen müssen. »Ich will keine schwarze Magie in meinem Gasthaus. Ihr Handlanger des Teufels macht hier keinen Novemberspuk mehr!«

Als wir wieder in unserem Wagen saßen, antwortete unser Vater mit keinem Wort auf unsere Fragen. Er schüttelte nur immer wieder den Kopf. Dann bat er uns, Hotspur nicht zu wecken, weil er bestimmt weinen würde.
Mein Vater saß auf dem Korb, der unsere beste Wäsche und seine tiefsten Geheimnisse enthielt. Ich erinnere mich, daß er immerzu an einem Stück Rohr zog, das lose heraushing. Schließlich seufzte er und stand auf.
»George, ich muß nach draußen gehen und nachdenken. Sorge dafür, daß Hotspur nicht aufwacht. Ihr anderen, versucht auch zu schlafen.« Das letzte sagte er voller Schwermut, als ob der Schlaf eine Gunst sei, die ihm von nun an versagt wäre.
Dann kletterte er aus dem Wagen, und wir beobachteten ihn im Mondschein – fürwahr, ein verzweifeltes Genie. Wir sahen, wie er ziellos über den ruhig daliegenden Marktplatz ging, wie er bei den leeren Fußblöcken, deren Beinlöcher wie wachsame Augen blickten, stehenblieb, wie er sich dann neben sie setzte – ein völlig erschöpfter Mann, unterjocht von einer schamlosen, lauernden Bestie.
Ich begriff nicht, warum unser Vater so verzeifelt war, denn wir konnten uns nichts Schöneres vorstellen, als daß der Fremde nie mehr kommen würde. Unser ganzes Leben lang hatten wir davon geträumt: Kein 3. Juni und kein 3. November mehr! Der unheimliche Fremde hatte es selbst gesagt. Warum also war mein Vater so niedergeschlagen, daß es kein Heilmittel für ihn zu geben schien?
»Es sind die Guineen«, erklärte Rose Treet, deren besonderes Talent auf finanziellem Gebiet sich trotz ihrer zehn Jahre schon deutlich zeigte. »Unser Vater ist so verzweifelt, weil er sie nicht mehr bekommt.«
»Warum war er dann immer so niedergeschlagen, als er sie bekam?« fragte ich. »Da spielt außer Geld noch etwas anderes eine Rolle, Rose Treet.«
Woraufhin Jane, die unserem Vater in mancher Hinsicht sehr ähnelte, meinte, wenn wir sofort schlafen gingen, würden wir das Rätsel am nächsten Morgen, wenn wir frisch aufwachten, leicht lösen können.

Doch Edward, der intelligenteste Treet, sah die Sache ganz anders. »Dreizehn Jahre, sagte unser Vater. Das bedeutet, daß damals, als alles begann, noch keiner von uns auf der Welt war, außer dir, George. Du warst zu der Zeit ein Jahr alt. Was passierte denn damals, als du ein Jahr alt warst?«
»Daran kann ich mich nicht mehr erinnern.«
»Du mußt es versuchen«, fuhr Edward fort, denn er glaubte, eine heiße Spur entdeckt zu haben. »Fällt dir denn gar nichts ein?«
Zwar war Edward ein historisch bedeutsames Genie, aber schließlich war er doch jünger als ich, und ich sagte ihm, er wäre verrückt, wenn er glaubte, daß jemand sich an das erste Jahr seines Lebens erinnern könnte. Nicht einmal Hotspur oder Henry brächten das fertig. Beide schliefen schon fest, so daß es unmöglich war, sie zu fragen. Im übrigen konnten sie, obgleich ihr erstes Lebensjahr noch gar nicht so weit zurücklag, sich kaum an das letzte erinnern; oft vergaßen sie sogar Ereignisse, die sich vor wenigen Wochen ereignet hatten.
Dennoch ließ der Hinweis auf die dreizehn Jahre bei mir das unangenehme Gefühl zurück, daß der Fremde irgendwie mit mir zu tun haben müßte, und mir fiel wieder der kalte, unheimliche Blick ein, den er mir jedesmal zuwarf, wenn er kam.
Ein paar Minuten lang sprach keiner ein Wort, und Nell Treet und Henry und Hotspur fingen an, leise zu schnarchen. Nell drehte sich manchmal unruhig im Bett herum, und es entstand ein leises Klirren, wenn ihr Armband dabei eines der irdenen Gefäße berührte. Unser Vater war noch immer draußen.
»Der Schlüssel zu dem Geheimnis«, sagte Edward, der immer noch nicht aufhören konnte, »liegt nicht darin, warum der Fremde zum erstenmal kam, sondern darin, warum er jetzt nicht mehr kommen will.«
»Vielleicht. Gute Nacht, Edward.«
»Gute Nacht, George.«
Ich glaube, es war fast zwei Uhr, aber ich konnte nicht einschlafen. Leise kletterte ich aus dem Wagen und ging

zu meinem Vater. Er fuhr erschrocken auf, als er meinen Schatten sah.
»Ich kann nicht schlafen, Vater.«
»Warum nicht, George?«
»Der Fremde, seine Worte – Ihre Worte und Ihre Niedergeschlagenheit, Vater.«
Er nickte, und voller Bestürzung und Schrecken sah ich, daß seine Augen voller Tränen standen.
»Vater, was ist passiert?«
»Es ist nichts, George. Weißt du, in gewisser Weise, das heißt von deinem Standpunkt aus, ist plötzlich alles wieder in Ordnung, wenn der Fremde nicht mehr kommt.«
»Das verstehe ich nicht.«
Er fuhr mit den Fingern über den Rand der Fußblöcke, fast so, als ob er sie plötzlich gernhätte. »George?«
»Ja, Vater?«
»Ich glaube, ich muß dir alles erklären. Du hast einen starken Charakter und großen Ehrgeiz, nicht wahr?«
»Ja natürlich, Vater, ich bin doch ein Treet!«
»Nein, George, das bist du nicht. Ich habe lange darüber nachgedacht: Ich werde dich nach Hause bringen. Du bist nicht mein Sohn. Du hast einen anderen Vater und auch eine andere Mutter. Du bist das Kind eines Edelmannes, der reich und mächtig ist.«

In jener Nacht in Sussex . . .

Am nächsten Morgen erfuhren die übrigen Treets alles. Sie machten große Augen, und doch schien es, als hätten sie es immer schon gewußt.
»Ist er Lord George?«
»Oder Prinz George?«
»Oder vielleicht König George?« fragte Hotspur, dessen Ehrgeiz grenzenlos war. »Schnell! Da im Korb liegt eine Krone. Weg mit dem Hut, szetzt ihm eine Krone auf!«

»In diesem Korb sind feine Gewänder. Er soll schöne Kleider tragen, nicht diesen ärmlichen Anzug.«
»Was meinst du, ob du zehntausend Guineen im Jahr bekommst, George?« fragte Rose Treet sehr interessiert.
»Wie sieht dein Stammbaum aus, George? Geht er zurück bis zur normannischen Eroberung, oder ist er noch älter?«
»Wirst du auf Jagd gehen?«
»Wirst du bei Hofe empfangen?«
»Wirszt du dann immer noch fliegen, George?« fragte Hotspur, und seine Frage weckte in mir ein leises Bedauern, aber nur kurz, denn der Tumult im Wagen wurde immer größer. Schließlich wurde es ganz unmöglich, an irgend etwas anderes zu denken als daran, wie ich mich am besten gegen das fröhliche Kneifen, Knuffen und Zerren meiner ehemaligen Brüder und Schwestern wehren konnte.
»Verhauen wir ihn schnell noch einmal«, sagte Jane Treet. »Wenn wir ihn das nächstemal sehen, müssen wir höflich sein.«
Natürlich war ich traurig, daß ich die Treets und sie mich verlieren sollten. Ich versprach ihnen aber, daß sie mich oft besuchen könnten und daß ich meine hohe Stellung dazu benutzen würde, ihre Kunst zu fördern. Vielleicht konnte ich sie sogar auf die Londoner Bühne bringen.
Bei diesen Worten nickte mein Vater nachdrücklich und meinte, er sei froh, daß ich mich unter seiner Obhut zu einem so vornehmen und gebildeten Menschen entwickelt hätte und daß ich dem Namen Treet solche Ehre mache, einem Namen, dessen ich mich nie zu schämen brauche. Treet sei ein guter Name, ein ausgezeichneter Name, ein Name, der Wunder wirke.
Mein wirklicher Name war Dexter. *George* Dexter? Weitere Hoffnungen ging nicht in Erfüllung, denn George war tatsächlich mein richtiger Vorname. Aber woher kam ich? Aus Sussex, wie mir mein Vater – verflixt, Mr. Treet muß ich jetzt wohl sagen – wie mir also Mr. Treet erklärte. Hatte ich denn noch nicht bemerkt, daß wir in diese Richtung reisten?
Seltsam, ich hatte geglaubt, wir führen zum Mond, denn

die vorbeigleitende Landschaft, die ich schon so viele Male gesehen hatte, erschien mir plötzlich so fremd wie eine andere Welt.

Ich saß, wie immer, auf meinem Platz neben Mr. Treet, während die anderen ihre Köpfe vorn zum Wagen herausstreckten, um mitzuhören, was da gesprochen wurde.

Verträumt und mit vielen Unterbrechungen, wenn die Erinnerung ihn im Stich ließ, erzählte Mr. Treet, was sich vor dreizehn Jahren ereignet hatte. Während er erzählte, stiegen in mir undeutliche Erinnerungen an ein anderes Leben auf. Oder waren es Erinnerungen an Erinnerungen? Sie waren jedenfalls sehr verschwommen.

In jenen Tagen vor dreizehn Jahren war Mr. Treet nur ein reisender Zauberkünstler gewesen, sehr ehrgeizig, doch ohne mehr Ansehen als das, welches ihm seine hübsche Frau verschaffte. Sie hatten damals in Sussex übernachtet, in einem bestimmten Dorf, einem bestimmten Wirtshaus – in einem Ort, den sie bis zu jenem Juni oft besucht hatten, danach aber aus gutem Grund nie mehr.

Zwischen neun und zehn Uhr abends hatte ein äußerst heftiges Gewitter getobt, so daß sie das Klopfen an der Tür des Gasthauses zuerst für einen Donnerschlag gehalten hatten. Doch plötzlich war die Tür aufgesprungen. Ein greller Blitz – und in der hereinströmenden Dunkelheit hatte der Fremde gestanden. Ohne ein Wort zu sagen war er eingetreten, in seinen Armen ein Kind.

Ein sonderbares Gefühl ergriff mich. War es die lang vergessene Erinnerung an einen nächtlichen Ritt durch ein tosendes Unwetter, bei dem mich knochige Arme umschlossen hatten, um mich vor Blitz und Regen zu schützen?

»Das Kind wird vor Nässe und Kälte sterben!« hatte Mr. Treet in großer Besorgnis gerufen.

»Tatsächlich?« hatte der Fremde mit seltsam trockener Stimme gefragt. »Das wäre nicht das Schlechteste. Meinen Auftraggeber würde es nicht treffen!«

»Dann muß Ihr Auftraggeber der Teufel selber sein!«

»Das war ein heikler Augenblick«, erinnerte sich Mr. Treet

und zitterte leise bei dem Gedanken daran. »Der Fremde hat keine Antwort gegeben, sondern nur gelächelt.«

»Nehmen Sie das Kind. Ziehen Sie es auf, wenn Sie wollen, oder werfen Sie es in den nächsten Fluß. Mein Auftraggeber würde nichts dagegen haben, das versichere ich Ihnen. Wenn Sie es aufnehmen, verpflichtet er sich, Ihnen jeweils im Juni und im November dreißig Guineen zu zahlen. Vorausgesetzt, Sie halten sich von diesem Ort und von Sussex fern. Darauf besteht mein Herr. Abgemacht?«

»Und wenn ich mich weigere?« Mr. Treet hatte nämlich keine Neigung verspürt, auf das Angebot einzugehen.

»Dann werde ich zu anderen Leuten gehen oder diesen Balg dort begraben, wo er gerade stirbt; denn diese stürmische Nacht wird er nicht überleben!«

Dann berichtete Mr. Treet von den späteren Besuchen des Fremden und wie sie geregelt wurden: Jeweils am 3. Juni und am 3. November – im Juni in Rye, im November in Sandwich – bis heute. Jetzt nun schien es so, als sei der Vertrag gebrochen worden, und Mr. Treets Gewissen drängte ihn, mich zurückzubringen.

»Denn wir ahnten, wem du gestohlen worden warst, George«, sagte er. »Das große Haus lag nicht weit von jenem Wirtshaus entfernt, und du warst nicht so durchnäßt, daß du von weither hättest kommen können. Du konntest nur der einzige Sohn von Sir John Dexter sein, aber wir liebten dich, als ob du unser Kind wärest.«

Als Mr. Treet seine Erzählung beendet hatte, war der größte Teil des ersten Tages unserer Reise nach Sussex schon vergangen, denn Mr. Treet konnte die Geschichte nicht ohne Unterbrechung zu Ende bringen, weil die sechs naseweisen Treets hinter mir bei jeder Kleinigkeit mindestens sechs Fragen stellten, oft sogar acht oder neun. Besonders Edward war so neugierig, daß man hätte meinen können, er wolle eine dreibändige Geschichte der Dexter herausbringen, die bereits im September erscheinen sollte. Andererseits konnte Rose ihre Enttäuschung darüber, daß mein Vater nur ein Baronet war, nicht verbergen, und sie versuchte es auch kaum.

»Ich weiß natürlich auch, daß Baronets steinreich sein können, George, aber es ist nicht dasselbe wie ein Lord.«
Da wir ungewöhnlich früh aufgebrochen waren, hatten wir gehofft, Ashford noch am selben Abend zu erreichen, aber Otways wegen (so heißt unser Pferd), der sich an der Unterhaltung zu beteiligen schien, indem er dauernd anhielt und wieherte, kamen wir nur sehr langsam voran. Otway schien zu spüren, daß die von ihm so geliebte und wunderliche Familie eine umwälzende Veränderung erlebte. So kamen wir nur bis Canterbury.
Am nächsten Tag galoppierte der Gaul um so schneller, als ob er Kent nicht schnell genug verlassen könnte, und kam eine Stunde nach Einbruch der Nacht stampfend und dampfend in Tenterden an.
Der Fußblock in Tenterden war schon besetzt. Der Mann darin kam mir bekannt vor. Vielleicht war es unser Freund, der Straßenräuber, denn er winkte, als wir vorbeikamen. Vielleicht hatte ihm aber auch der Fußblock ins Ohr geknarrt: »Da geht einer meiner besten Freunde. Er hat ein Vorrecht auf mich.«
Der größte Teil des zweiten Reisetages wurde damit zugebracht, daß Mr. Treet mir Ratschläge für mein Verhalten als Sohn eines Edelmannes gab, mit tatkräftiger Unterstützung aus dem Hintergrund, denn wohl alle Treets hatten sich der Öffentlichkeit schon einmal als Mitglied eines vornehmen und edlen Geschlechts präsentiert.
»Sei höflich, aber nicht bescheiden«, riet Mr. Treet.
»Und arrogant, George!« rief Hotspur. »Großze Herren szind immer arrogant, nicht wahr?«
»Nur Narren sind arrogant.«
»Jeder iszt ein Narr, der kein Treet iszt!«
Vor zwei Tagen hätte ich ihm noch recht gegeben. Jetzt war ich verärgert, sogar beleidigt, obwohl Hotspur mich liebevoll anlachte und ganz verwirrt war, als eine seiner Schwestern ihm Zurückhaltung gebot.
Am dritten Tag kamen wir nach Sussex und verbrachten die Nacht in Lewes. Es war ziemlich diesig, und an manchen Stellen verschwand die Landschaft halb im Nebel.

Das Rätsel, wer der Auftraggeber des Fremden war, ließ mir keine Ruhe. Warum hatte er den Vertrag jetzt so plötzlich aufgehoben? Mr. Treet wußte keine Antwort.
»Ein historisches Rätsel«, sagte Edward. »Das ist es. Denn wir müssen uns fragen, warum du in Dexter gestohlen wurdest, George.« Er machte eine Pause. »Warum wirst du zurückgebracht? Das ist ebenfalls eine interessante Frage, obwohl es keine historische ist. Vielleicht ist sie aber sogar noch interessanter als die erste. Vielleicht ...«
Mr. Treet befahl ihm, ruhig zu sein, und forderte mich auf, die ungewöhnliche Veränderung in meinem Schicksal hinzunehmen, ohne Fragen zu stellen. Dann sagte er stirnrunzelnd zu Edward: »Das ist die Handlungsweise eines vornehmen und gebildeten Mannes.«
Am nächsten Tag, dem vierten und letzten unserer Reise, brachen wir noch früher auf als sonst. Der Weg begann schmaler zu werden und schien in zahlreichen Windungen bergab zu gehen. Jedenfalls kam es mir so vor, denn die dicken Nebelschwaden, die wir gestern gesehen hatten, kamen jetzt immer näher und ließen Hecken und Büsche wie Wollklumpen eines Riesenschafes erscheinen.
Mr. Treet erklärte uns, dieser Teil von Sussex sei immer voller Nebelfelder, da er in einem Tal der südenglischen Hügellandschaft läge, in dem sich die vom Meer kommenden Nebel sammelten und vom Wind nur schlecht zerstreut werden könnten.
Wo waren wir? Wir näherten uns einem Flecken namens Fulking. War *das* das Dorf? Ja, das war es.
Ein beklemmendes Schweigen senkte sich auf den dahinrumpelnden Wagen, als wir am Ende meiner Reise angekommen waren. Wir hielten vor dem Wirtshaus »Zum Schäfer und seinem Hund«. Ich starrte die Fenster der Gaststube an und war seltsam beunruhigt.
»Treets«, sagte der Vater traurig, »wartet eine Weile hier, George und ich haben in dem Herrenhaus etwas zu erledigen.«
Wie sollte ich mich von sechs der talentiertesten Persönlichkeiten Englands trennen, die zu einem Bestandteil mei-

nes Lebens und meiner Träume geworden waren? Ein nicht einfach zu lösendes Problem.
»Es ist eine historische Tragik, George«, sagte Edward düster.
»Und ein großer Verlust«, fügte Rose hinzu.
»Wir werden dich sehr vermissen, George«, sagten Henry und Nell gemeinsam, aber es klang nicht sehr überzeugend. Ich glaube, sie waren noch zu jung, um verstehen zu können, daß wir uns für mehr als nur ein oder zwei Tage trennten.
Ich wandte mich Jane Treet zu, einer vornehmen Lady und hervorragenden Schauspielerin, obwohl sie erst elf Jahre alt war.
»Auf Wiedersehen, George Treet«, sagte sie traurig. Dann lächelte sie und machte einen Knicks. »Es wird mir eine Freude sein, Ihre Bekanntschaft zu machen, George Dexter, Euer Wohlgeboren. Ich hoffe, wir werden uns wiedersehen!«
»Natürlich werden wir uns wiedersehen. Sicherlich.«
Dann fiel mir Hotspur ein. Wo war er nur? Er lag im Wagen und schlief. »Um Himmels willen, weckt ihn nicht auf, er wird bestimmt weinen! Hotspur Treet, das Genie des Schlafs.«
Schließlich war Mr. Treet, der mit dem Wirt über die Vermietung einer zweirädrigen Kutsche verhandelt hatte, damit wir würdig vorfahren konnten, zur Abfahrt bereit. Wir stiegen ein. Mr. Treet knallte mit der Peitsche, und im nächsten Augenblick entzog eine scharfe Rechtskurve die Reihe der winkenden Treets unseren Blicken.
»Mr. Treet?«
»Ja, George?«
»Kennen Sie Sir John und Lady Dexter?«
»Nur vom Hörensagen, George«, antwortete er, ohne seinen Blick von der Kruppe des trabenden Pferdes zu wenden. »Wie ich gehört habe, soll Sir John ein besonders vornehmer Edelmann sein, sehr würdevoll in seinem Benehmen und sehr auf seinen guten Namen bedacht.«
»Und – und Lady Dexter?«

»Etwas stolzer, glaube ich, denn als ich früher ab und zu hier war, hatten die Leute sie niemals außerhalb des Herrenhauses gesehen. Ich hörte einmal, sie sei so etwas wie eine Schönheit gewesen, aber wenn sie die Dame war, die ich einmal an der Kirche vorfahren sah, dann war sie etwas blaß für meinen Geschmack.«

»Aber nicht für den meines Vaters!« sagte ich scharf.

Mr. Treet schwieg.

»Mr. Treet?«

»Ja, George?«

»Nur noch ein letztes Mal, wer ist der Auftraggeber?«

Wieder schwieg Mr. Treet. Nach einer Weile sagte er: »Frag mich nicht danach, niemals. Erwähne auch nichts davon im Herrenhaus. Vergiß den Auftraggeber, dann – so Gott will – vergißt er dich auch. Sei zuvorkommend und höflich, sei liebenswürdig, sei würdevoll, mit einem Wort: sei ein Treet. Nutze dein Genie, aber nicht für Nachforschungen. Ein Mann von Stand fragt nicht. Ein Mann von Stand hält sich vornehm zurück – und lächelt.«

Wir fuhren durch ein Wäldchen von Weißbirken, die in den Nebelschleiern leicht schwankten.

»Ich kenne diese Stelle. Wir sind gleich da.«

Ich war bereit, allerdings nicht für das, was wir dann erleben sollten. Als wir vor Sir John Dexters Tür standen, erfuhren wir, daß er selbst vor einer ganz anderen Tür stand – vor der des Todes!

Die blau-goldene Kinderrassel

Haltet mich nicht für ein Ungeheuer, obwohl ich rote Haare habe, wenn ich gestehe, daß mich kein Kummer und kein Schmerz erfüllten, als ich erfuhr, daß mein Vater im Sterben lag. Schließlich hatte ich ihn seit meinem ersten Lebensjahr nicht mehr gesehen und kannte ihn im Grunde genommen gar nicht. Ich war erschrocken, aber, um ehr-

lich zu sein, wenn Mr. Treet ernsthaft krank geworden wäre, hätte mich das viel mehr erschreckt, und wenn Jane Treet sich das Bein gebrochen hätte, wäre ich sicher blasser geworden als beim Anblick des todtraurigen Bedienten, der auf unser Klopfen hin die alte, prächtige Tür öffnete.
Erkannte ich diese Tür mit ihrem reichen Schnitzwerk wieder? Erkannte ich das alte Herrenhaus, das sich über der Steinterrasse erhob, einem Riesen gleich, um den herum Bäume gewachsen waren, während er dasaß und wartete und träumte und seine zwanzig wunderlichen Schornsteinpfeifen rauchte?
Jedoch, als ich meinen Vater zum erstenmal sah, zog sich mein Herz heftig zusammen. Wir wurden nämlich sofort zu ihm geführt; meilenweit, so schien es mir, schritten wir durch prächtige, stille Räume, von deren Wänden Bilder von Heiligen und Ahnen der Dexter herunterstarrten. Minutenlang zerbrach ich mir den Kopf darüber, was einer der alten Dexter wohl verbrochen haben mochte, daß er so mit Pfeilen vollgespickt war. Schließlich wurde mir klar, daß es der heilige Sebastian und kein Verwandter war.
Während wir die Räume durcheilten, murmelte der Diener mit dem todtraurigen Gesicht: »Er ringt noch mit dem Tod, er ist aber schon sehr ruhig. Dr. Newby gibt ihm noch einen Tag.«
Wurden wir also erwartet? Nein. Es handelte sich um eine etwas sonderbare und zugleich erhabene Idee meines Vaters. Er liebte das Leben, und als er spürte, daß er sterben würde, wollte er keinen Besucher abweisen, selbst keinen Bettler und keinen Zigeuner.
»Wie ist es draußen?« fragte er ständig, und aus den zahlreichen Antworten errichtete er in seinem erlöschenden Ich eine Empfindung von Lüften und Landschaften, die so nah waren, daß er sie zu berühren glaubte. Die Luft in dem Raum war stickig und von einer Schalheit, die sich durch keine noch so große Menge Branntwein hätte übertünchen lassen. Das Zimmer war sehr groß, doch bis auf das hochgeschichtete Lager, auf das mein Vater gebettet worden war, schien es leer.

Ich sah zahlreiche Besucher, mindestens ein Dutzend. Sie standen am Fenster oder saßen in tiefen Sesseln. Wieder andere sah ich neben seinem Lager stehen, und diese blickten unbehaglich auf den Boden. Dr. Newby, der noch seinen grünen Umhang trug, ging wie der Geist eines riesigen Grashüpfers im Zimmer auf und ab, wobei der Fußboden scheußlich knarrte.

»Sie dürfen nur ganz kurz bleiben«, sagte er geziert und zeigte mit einer verschwörerischen Geste auf das Bett und den, der darin lag, als ob das Erlöschen dieses Lebens ein großes Geheimnis wäre, von dem mein Vater selbst keine Ahnung hätte.

»Wer ist es?« Das war die Stimme meines Vaters!

»Ein Mr. Thomas Treet und, und ...« Der Bediente zögerte, denn er hatte nur Mr. Treets Karte, auf der ich nicht erwähnt wurde.

»Ich freue mich, Sie kennenzulernen, Mr. Treet. Obwohl es nicht für lange sein wird, nicht wahr Doktor? Nicht mehr lange. Aber ich danke Ihnen, Mr. Treet, daß Sie gekommen sind. Bitte sagen Sie mir, mein Herr, wie ist es draußen? Die Herbstgerüche, sind sie kräftig und berauschend? Tun Sie mir den Gefallen und beschreiben Sie ...

Aber, aber wer ist da bei Ihnen, Mr. Treet? Ich, ich kann ihn nicht erkennen. Entschuldigen Sie, daß ich nicht aufstehe. Ich bin unpäßlich, nicht wahr, Doktor? Tun Sie mir den Gefallen, Mr. Treet, Sie und Ihr Gefährte, treten Sie näher, bitte.«

Wir gingen zu ihm, und er sprach weiter, mit einer Stimme, die fast erstickte, wenn er atmete. Er sprach über das Wetter, über die täglichen Ereignisse, über die Festigkeit des Bodens unter den Füßen. Kleinigkeiten schienen ihn sehr zu beschäftigen. Mr. Treet antwortete, so gut er konnte, aber er wurde nicht sonderlich beachtet. Die Augen meines Vaters lagen auf mir, sonderbare, unergründliche Augen, die ständig irgendein neues, fesselndes Geheimnis zu erforschen schienen. Sein Gesicht war grau wie Stein. Bäche von Schweiß rannen die tiefen Falten herab, die sie selber eingegraben zu haben schienen. Ihre Quelle mußte irgendwo in seinem verblichenen roten Haar liegen, denn obwohl sein Gesicht von Zeit zu Zeit von Dr. Newby abgetrocknet wurde, war seine knochige Stirn niemals trocken.

»Wer ist das, Mr. Treet? Wen haben Sie da mitgebracht?«

»Ich, ich habe Ihren Sohn zurückgebracht, Sir John. Dies ist George Dexter, Ihr Sohn.«

Ich merkte, wie sich eine große Erregung im Zimmer ausbreitete. Ein Glas fiel zu Boden, und ein Stuhl kippte mit einem solchen Lärm um, als ob eine Kutsche verunglückt wäre.

»Sie haben ihn getötet! sagte Dr. Newby aufgebracht und starrte mich empört und unwillig an, denn die Augen meines Vaters hatten sich geschlossen.

»Mr. Treet«, murmelte mein Vater, und sein Gesicht war in Sekunden alt und hart geworden. »Sie begeben sich in eine gefährliche Situation.«

»Schurke! Scharlatan! Vagabund!« zischte Dr. Newby, der so sehr daran gewöhnt war, seine Patienten nicht hören zu lassen, was er sagte, daß er seine Stimme fast verloren hatte.

»Sir John, ich spreche die Wahrheit. Ich versichere Ihnen, er ist George Dexter. Ich kann es beweisen.« Mr. Treet, ein höchst unsicherer Mr. Treet, suchte in den Taschen seines Mantels.

Was würde jetzt kommen? In wachsender Bestürzung hoffte ich, es wäre Luzifer-Rauch, denn ich hatte plötzlich den Wunsch, irgendwohin zu verschwinden, wohin mir keiner folgen konnte. Doch die Dinge nahmen einen schlechten Lauf; zu viele feindselige Augen starrten mich an. Alle im Zimmer anwesenden Personen, außer einer, waren aufgestanden und hatten sich zu einem dichten Kreis um meinen sterbenden Vater, Mr. Treet und mich zusammengeschlossen.

»Dieser Schal, Sir John, dieses Linnen, diese Wollsachen ...« Mr. Treet hatte sie aus seinem Mantel hervorgezogen und hielt sie fast flehentlich vor die geschlossenen Augen meines Vaters und erzählte dabei nervös und hastig die gleiche Geschichte, die er vor kurzem auch mir anvertraut hatte. Er berichtete von dem Gasthof, von dem Fremden und wie der seltsame Vertrag zustande gekommen war – alles mit denselben Worten, mit denen er es mir erzählt hatte. Schließlich erklärte er dann auch, wie ihn nach jener Nacht in Sandwich sein Gewissen dazu getrieben hätte, mit dem Wagen und den Kindern nach Fulking zu fahren. So hätte er mich denn gebracht, ungeachtet seiner Zuneigung zu mir.

»Um Himmels willen, Mr. Treet, quälen Sie mich nicht noch mehr!«

Am liebsten hätte ich geantwortet: »Um Himmels willen, Mr. Treet, lassen Sie uns gehen!«

Dann fiel etwas aus Mr. Treets großer Tasche zu Boden, und ein leiser klingender und rasselnder Laut ertönte. Ich sah, wie die Augenlider meines Vaters, die geädert waren wie Herbstblätter, leise zitterten.

Plötzlich fragte jemand: »Was ist das?«

Die Stimme kam vom Fenster her, von dem einzigen Platz, auf dem noch jemand saß, von der einzigen Person, die sich noch nicht gerührt hatte: Lady Dexter. Von großer Gestalt, mit einem Gesicht, das wohl vom zu vielen Hinausblicken kalt wie Fensterglas war, durchquerte sie mit raschelnden Kleidern den Raum. »Was ist das?«

Dr. Newby bückte sich. Er hob den Gegenstand auf und gab ihn Lady Dexter.

»Gnädige Frau, es ist eine Kinderrassel!« sagte er in seinem gekünstelten Tonfall.

Eine Rassel. Ich ahnte plötzlich, daß meine Zukunft von dieser Rassel abhing. Sie war aus Korbgeflecht und hatte die Form eines Harlekinkopfes, der eine kleine vergoldete Kugel umschloß. Die zerkratzte blaue und goldene Farbe der Rassel war noch zu erkennen. Eine ungewöhnliche Rassel.

Lady Dexter nahm sie in die Hand, beklopfte sie, hielt sie wie ein Monokel hoch und blickte neugierig damit von einem Besucher zum anderen, sogar zu Mr. Treet, der sofort errötete – aber mich sah sie nicht an.

Hatten sich die Augen meines Vaters geöffnet, oder starrte

er durch die geschlossenen Lider? Sein ungewöhnlich knochiges Gesicht schien etwas weicher geworden zu sein, als ob . . .
Ein durchdringender, krachender Laut schreckte mich auf. Der Rohrgriff der Rassel war in Lady Dexters Fingern zerbrochen. Sie lächelte frostig.
»Mr. Bennett!« Einer der Besucher war gemeint, ein beleibter, rotgesichtiger Mann mit andächtigem Gesichtsausdruck. »Glauben Sie, daß dieser Junge der ist, der er zu sein vorgibt?«
Mr. Bennett trat näher. Sein Atem roch nach Madeirawein und altem Käse. »Er hat rotes Haar. Er, er hat einige Beweisstücke, Wir dürfen unser Herz vor einem Wunder nicht verschließen . . .«
»Alter Narr!« Lady Dexter schnitt ihm das Wort ab und wandte sich einem anderen Besucher zu.
Ging ein Ausdruck des Mißfallens über das Gesicht meines Vaters? Oder war es nur der Schatten seiner Frau?
»Mr. Rumbold!« Sie sprach jetzt einen Mann an, der Mr. Bennett glich, aber nicht so andächtig wirkte. »Sagen Sie Ihre Meinung. Aber seien Sie ehrlich. Könnte dieser Junge der sein, als der er – als den man ihn ausgibt?«
»Ich glaube nicht, gnädige Frau.«
Warum sank mein Herz wie ein Bleigewicht? Nur Gott weiß, daß ich in diesem Augenblick nicht den Ehrgeiz hatte, in dieser grimmigen Dame meine Mutter wiederzuerkennen, und doch – mir sank das Herz.
»Warum? Warum nicht, Mr. Rumbold? Was spricht dagegen? Hat er nicht rote Haare? Hat er nicht Beweise? Diese Rassel hier.« Sie fixierte mich kurz durch die Rassel, und ihre Augen funkelten wie eingesperrte Diamanten. »Es ist die besagte Rassel, nicht wahr, Mr. Rumbold! Oder glauben Sie, er wäre zu gut gewachsen für einen Dexter? Wäre er vielleicht zu hübsch, Mr. Rumbold?«
»Nein, gnädige Frau, nicht ele – elegant genug.«
»Ist das alles? Narr! Was ist denn Eleganz? Sie hätten vielleicht elegant sein können, wenn Sie nicht in einem Stall groß geworden wären. Wie die Sache nun einmal liegt,

gleichen Sie eher einem Esel. Erzählen Sie mir bloß nichts von Eleganz!«

Lächelte mein Vater? Wenn er es tat, war er der einzige.

»Dr. Newby!«

Der Arzt fuhr zusammen. »Gnädige Frau?« Seine Stimme war merkwürdig hoch und nervös.

»Ihre Meinung, mein Herr?«

»Meine Meinung, gnädige Frau? Ich habe keine Meinung.«

»Was? Nicht einmal eine närrische?«

»Narren haben Meinungen, ich aber weiß Bescheid!«

Ein Gefühl der Übelkeit stieg in mir hoch, eine schreckliche Übelkeit, war ich mir doch der Mißerfolge und der schroffen Abweisung deutlich bewußt.

Das Gesicht meines Vaters! War der Schweiß zu einer Flutwelle angewachsen? Oder lag es nur daran, daß Dr. Newby das Wischen und Abtrocknen unterbrochen hatte?

Der Arzt fuhr fort: »Ich erinnere mich, daß George Dexter, als er noch ein Baby war, von einer nachlässigen Kinderfrau betreut, besser gesagt: nicht betreut wurde.«

»Ich erinnere mich.«

»Erinnern Sie sich auch, gnädige Frau, daß sie ihn auf der Terrasse fallen ließ?«

»Ich erinnere mich.«

»Er zog sich eine Verletzung zu – einen Schnitt, einen tiefen Schnitt, der aussah wie ein Komma, über seiner rechten Augenbraue.«

»Ja, ich erinnere mich.«

Meine Hand fuhr unwillkürlich zum Kopf.

»Dann sehen Sie nur, gnädige Frau. Die Narbe! Es gibt keinen Zweifel. Er ist tatsächlich George Dexter!«

Ich sah zu meinem Vater hinüber. Er lächelte sein freundlichstes und triumphierendstes Lächeln, und leise, mit großer Mühe, begann er zu sprechen: »Danke, Mr. Treet. Sie haben mir einen großen Dienst erwiesen, mein Herr, einen großen Dienst. Sie auch, Doktor.«

»So, du bist also nach Hause gekommen!« Dann sagte meine Mutter lange Zeit nichts mehr. Ihre Augen starrten mich beständig an, aber sie lächelte nicht. Sie blieb steif

und starr, als ob jegliche Empfindung in ihr erfroren wäre. Nach einer Weile wandte sie sich plötzlich, fast ungestüm, einem anderen Besucher zu, den ich noch nicht bemerkt hatte: eine Person, die nahe am Feuer gestanden hatte, ein krank aussehendes Bündel in einer Wolke von Schwarz.
»Wundern Sie sich nicht, daß ich Sie überhaupt nicht nach Ihrer Meinung gefragt habe, gnädige Frau?«
Das Bündel zeigte ein Lächeln, das genauso krank war wie die ganze Erscheinung dieser Person.
»Dann will ich es Ihnen sagen. Ich habe Sie nicht gefragt, weil ich Ihre Meinung kenne und weil ich weiß, was sie wert ist, Mrs. Montague!«
Während der ganzen Zeit schritt sie im Zimmer auf und ab, wobei ihr graues Seidenkleid in größten Aufruhr geriet. Mrs. Montague hatte vergeblich versucht, ihr mit den Augen zu folgen. Sie senkte den Kopf, nachdem sie mich zuvor giftig angesehen hatte. War sie der Auftraggeber, fragte ich mich einen Moment voller Schrecken?
»Nun, Sir John«, meine Mutter war am Bett meines Vaters stehengeblieben, »es scheint so, als ob wir George zurückbekommen hätten. Sie müssen wieder gesund werden, Sir. Ihr Sohn braucht den Vater genauso wie die Mutter.«
Dann wandte sie sich dem sprachlosen, etwas unglücklich aussehenden Mr. Treet zu. »Ich danke Ihnen, Mr. Treet. Der Junge macht Ihnen alle Ehre.«
»Mehr als das, gnädige Frau!« sagte Mr. Treet in einem plötzlichen Freudenausbruch. »Er macht Ihnen alle Ehre!«
Bevor Mr. Treet ging, gab sie ihm tausend Pfund, damit das Loch gestopft würde, das dadurch in seinem Herzen, seiner Seele und seiner Familie entstanden war, daß er seinem Gewissen gefolgt war. Bei unserem Abschied ließ man uns freundlicherweise allein.
»Nun, George, ein vornehmes Haus, hm? Angesehene Leute, mein Junge, adelig und reich. Genauso, wie ich es dir erzählt habe.«
»Ja, Mr. Treet. Eine vornehme Dame – meine Mutter.«
»Oh, du wirst sie schon lieben lernen, George. Du bist von Natur aus sehr liebevoll.«

»Aber ist sie es auch, Mr. Treet?«
»Zweifellos! Niemand kann daran zweifeln!«
Niemand? Mag sein, daß niemand zweifelte – außer mir. In meinem Kopf tummelte sich ein Bataillon von Zweifeln.
»Wohin gehen Sie jetzt, Mr. Treet? Was machen Sie mit Ihrem unverhofften Gewinn?«
Er blickte nachdenklich, wurde dann aber zusehends lebendiger. »Meine alte Sehnsucht, du weißt, George: die Londoner Bühne. Ein großes, wissenschaftliches Ereignis. Ich und die sechs Treets. Dazu ist nun Gelegenheit.«
»Werde ich Sie dann nur noch selten sehen?«
Jetzt sah Mr. Treet verlegen und beunruhigt aus. »Zunächst ja, George. Es wäre nicht gut, wenn wir uns oft sähen. Wir haben einen verschiedenen Stand, wir müssen uns ein bißchen getrennt entwickeln, George.«
All das spielte sich in einem kleinen Vorzimmer vor der großen Halle ab und hätte wahrscheinlich noch länger gedauert, wenn nicht ein Bedienter gekommen wäre, um die kränklich aussehende Mrs. Montague hinauszubegleiten. Als sie mich sah, blieb sie stehen und starrte mich mit ihren kohlrabenschwarzen Augen an.
»Sie sind nicht George Dexter! Sie können es unmöglich sein! Ich habe mit ihm während dieser ganzen dreizehn Jahre gesprochen. Oh, Gott helfe mir!«
Der Bediente drängte sie weiter, wobei er mir zuraunte: »Sie ist vom Bösen besessen, Mr. George. Ihr Kopf steckt voller Stimmen aus dem Jenseits. Sie hört auch einen bösen Kindergeist, und sie schwört, daß das der Geist George Dexters ist. Jetzt, wo Sie wieder zu Hause sind, Mr. George, wird man sie wahrscheinlich als Hexe hängen.«

Kleider machen noch keinen Edelmann

Was für eine Heimkehr in dieses ungeheuerliche, dunkle, prächtige Herrenhaus mit seinen unzähligen Zimmern und seinen leisen Dienern, mit seiner kalten Herrin und seinem sterbenden Gebieter!

Mein Schlafzimmer lag im vorderen Teil des Hauses über der Terrasse, hinter der die stets wallenden Nebel jede Aussicht auf die Landschaft versperrten. Ob die Treets wohl noch im Gasthof waren? Oder ob sie mit ihren tausend Pfund schon ratternd nach London rollten? Von ganzem Herzen wünschte ich, daß es ihnen gutging.

Ich kletterte in mein Bett, das groß genug für alle sieben Treets gewesen wäre, und betete, daß mein Vater bald wieder gesund werden möge. Ich dachte an tausenderlei, und plötzlich fiel mir ein, daß ich einmal der Erbe all dieser Herrlichkeit sein würde. Wäre mir die Gesellschaft von Genies nicht immer das Wichtigste gewesen, ich wäre bei diesem Gedanken sicherlich toll vor Freude geworden. Aber so erhaben und vornehm die Welt, in die ich geraten war, auch sein mochte, ich war zuversichtlich, daß ich mein eigenes Talent und meine eigenen Vorstellungen schon zur Geltung bringen könnte.

Zum Beispiel meine Kleider. Die Körbe der Treets hatten nicht nur staubige Gewänder und zerbrochene Hörner enthalten. Auch ein grüner Brokatumhang hatte darin gelegen und eine weiße Seidenhose, Schuhe mit roten Absätzen und Spangen, die kleinen Sonnen glichen, und Seidenstrümpfe, in die als Verzierung ein Goldfaden eingewebt war und die »durchschossene bas de soye« genannt wurden. Aber das war nicht alles, was ich herausgesucht und meiner Garderobe einverleibt hatte. Einen schönen Spitzenkragen hatte ich auch mitgenommen und ein gelbgeflammtes Wams mit aufgenähter Silberspitze.

Meine äußere Erscheinung entsprach also durchaus der eines vornehmen Herrn, und ich hatte den Eindruck, man betrachtete mich mit freudiger Überraschung. Meine Mutter konnte ihren Blick kaum von mir lösen. Mr. Bennett hatte gelächelt, und sogar die Diener, an vornehme Lebensart gewöhnt, betrachteten mich mit verstohlenen Blicken.
Aber ich wußte, daß es damit nicht getan war. Mr. Treet sagte immer: »Es mag stimmen, daß Kleider Leute machen, aber sie allein machen noch lange keinen Edelmann.«
Der Edelmann geht, wenn er die Zimmer durchschreitet, als ob er eine Dame am Arm führt. Bei Tisch spuckt er nicht ins Glas, um zu verhindern, daß der Nachbar es ihm austrinkt. Wenn er einen Diener trifft, stupst er ihn nicht beiseite, sondern grüßt ihn, indem er ihn mit Namen anredet, wenn er ihn weiß. Mit einem Lächeln nimmt er ihm die Befangenheit. Wenn er sich einmal in die Küche verirrt, so macht er sich nicht wie ein Schwein gleich über die Wildpastete her, sondern sagt zuerst zur Köchin: »Mit Ihrer Erlaubnis, gnädige Frau.« Er verbeugt sich und bittet die Anwesenden, keine Notiz von ihm zu nehmen, und wenn sie es doch tun, nun, dann erzählt er ihnen, in gewählten Worten natürlich, von den Abenteuern, die er in der Gesellschaft von Genies erlebt hat. Bei den Dienern war ich übrigens vom ersten Tag an beliebt. Aber es gehört natürlich noch mehr dazu, um als ein Mann von Stand zu gelten.
Am zweiten Morgen fragte mich meine Mutter: »Hast du gut geschlafen, George?«
»Ja, wunderbar, Mutter.«
»George, nun hast du dich mit dem ganzen Haushalt bekannt gemacht, und es besteht kein Anlaß mehr, daß du deine Zeit ausschließlich in den Küchenräumen verbringst und dort wie ein Fuhrmann ißt und redest.«
Eine Stunde, länger war ich nicht in der Küche gewesen. Wie konnte sie sagen, ich hätte mich die ganze Zeit dort aufgehalten? Hatte sie meine Gänge durch die Bibliothek und die Halle vergessen? Meine Artigkeiten gegenüber Mr. Bennett und Mr. Rumbold? Das Händeschütteln, mit dem

ich Dr. Newby begrüßt hatte, und meine Besuche bei meinem Vater, um zu sehen, ob er wach war und lächeln würde?
»Und, George ...«
Was kam denn jetzt noch, was hatte ich denn noch falsch gemacht? Nach Ansicht der Treets hatte ich mich immer vorbildlich benommen. Ich glaube, ich schaute ziemlich finster drein, und sie sah wohl, daß ich gekränkt war, denn plötzlich meinte sie, sonst sei nichts. Aber ich merkte sofort, daß sie mir etwas verschwieg, und so fragte ich sie.
»Es ist wirklich nichts, glaub mir, George. Du hast keine Fehler gemacht, vielleicht hast du es nur ein ganz klein wenig zu gut gemeint. Ich überlegte gerade, ob du auch einfachere Kleider für den täglichen Gebrauch hast. Es wäre zu schade, wenn deine eleganten Kleider dadurch litten, daß du sie zu oft trägst.«
Glaubte sie also, ich sei zu fein gekleidet?
»Aber heute brauchst du dich nicht mehr umzuziehen, denn wir wollen die Rumbolds besuchen, und es steht dir gut, wenn du so, so prächtig aussiehst.«
Ich war erleichtert, denn noch eine Kränkung wäre zuviel gewesen.
Während meine Mutter sich zurechtmachte – denn, so meinte sie, wenn ich wie ein Prinz ging, würde sie sich unbehaglich fühlen, wenn sie nicht wie eine Königin aussähe –, beschäftigte ich mich damit, die Familienporträts zu betrachten und die Haltung und Mimik der abgebildeten Personen zu studieren. Ich hielt es für angebracht, mir einige der Umgangsformen unserer Familie anzueignen. Ein Edelmann aus der Tudorzeit gefiel mir besonders gut, und ich lernte es schnell, meisterhaft die Augenbrauen zu heben und die linke Hand lässig auf die Hüfte zu legen.
Etwas im Haus zog immer wieder meine besondere Aufmerksamkeit auf sich, etwas, das seltsam bedrückend wirkte. Einer der Bilderrahmen in der Bibliothek war leer. Warum? Was war mit dem Gemälde geschehen, das ihn einmal ausgefüllt hatte? Wen hatte es dargestellt? Als ich die leere Stelle anstarrte, die dadurch besonders leer er-

schien, weil sie eingerahmt war, überfiel mich plötzlich ein Gefühl von Kälte, als ob ein eisiger Luftzug aus dem leeren Bilderrahmen wehte.
Unser Besuch bei den Rumbolds nahm einen verhängnisvollen Verlauf. Sie fühlten sich geehrt und waren erfreut, daß wir bei ihnen vorsprachen, denn seit mein Vater krank war, hatte Lady Dexter keine Besuche mehr gemacht. Dies war der erste – und noch dazu mit ihrem Sohn.
Meine Erscheinung erregte zu meiner Freude ziemliche Bewunderung. Mr. Rumbold murmelte seiner Frau zu: »Habe ich dir's nicht gesagt? Habe ich nicht die Wahrheit gesagt?«
»Was war es denn, das Sie zu Mrs. Rumbold sagten?« fragte meine Mutter mit ihrem kühlen Lächeln.
»Daß Ihr Sohn zurückgekommen ist und, und was für ein vornehmer Mensch er ist, gnädige Frau«, antwortete Mrs. Rumbold schnell. »Das ist alles, was er mir sagte, Mylady.«
Meine Mutter nickte, und wir kamen auf allgemeine Dinge zu sprechen, wobei immer wieder höfliche Erkundigungen darüber eingeholt wurden, wie es meinem Vater ginge. Irgendwie spürte ich, daß meine Mutter sich nicht ganz wohl fühlte, was ich auf den starken Hunde- und Stallgeruch zurückführte, der das ganze Haus erfüllte. Ihre wachsamen Blicke wanderten von Mr. Rumbold zu Mrs. Rumbold und zu den Rumbold-Kindern, die ins Zimmer gestürzt kamen, uns anstarrten, kicherten und wieder hinausliefen. Eines dieser Kinder, ein kleines dickes Mädchen von etwa elf Jahren, das wie ein Mops aussah, blieb länger als die anderen. Sie kam heran, ließ sich auf einem Stuhl nieder und starrte mich an, wobei ihr Gesicht so rot wurde, daß ich glaubte, es würde platzen.
Auf einmal schrie sie: »O Mama, Papa hatte recht! Ist er nicht ein armes Ding?« Dann vergrub sie ihr Gesicht in den Händen und lief schnell hinaus.
Plötzlich wurde mir klar, daß ich in den Augen dieser nach Hunden und Ställen stinkenden Lümmel lächerlich aussehen mußte. Ich selber machte mir nicht viel daraus, denn in meinen Augen sahen sie lächerlich aus. Aber meine

Mutter war blaß und zitterte für mich vor Scham, was schrecklich war. Sie wünschte bestimmt, lieber mitsamt ihrem eleganten Sohn auf dem Grund des Meeres zu liegen, als länger dem Spott ihrer Nachbarn ausgesetzt zu sein.

Ich spürte, daß ich nun selbst so rot wurde wie das Kind, das gerade weggelaufen war. Das war mir seit einem längst vergessenen Mißgeschick auf der Bühne nicht mehr passiert. Ich blickte meine Mutter an und versuchte, ihr beruhigend zuzulächeln. Aber sie wandte sich ab, und ich war aufs tiefste gekränkt. Gott allein wußte, wie sehr ich sie beleidigt hatte. Ich merkte, daß die Rumbolds sich unglaublich über uns amüsierten. Innerlich verfluchte ich sie.

Ich sprang auf und trat dabei einem dieser übelriechenden Hunde auf die Pfoten, der auch gleich zu kläffen und zu jaulen begann, als ob ich ihn halb umgebracht hätte.

»Dieser Umhang«, sagte ich voller Empörung, »den Sie offenbar komisch finden, wurde von König Karl I. auf dem Weg zum Schafott getragen. Diese Schuhe und Strümpfe gehörten einem französischen Marschall. Dieses Wams« – und bei diesen Worten schlug ich meinen Umhang zurück, damit sie es besser sehen konnten – »zierte einst Othello von Venedig und den Herzog von Wien, und mein Kragen hier wurde von einem Prinzen im Tower getragen.«

»George!« rief meine Mutter erschrocken.

Aber nun gab es kein Halten mehr. Die Erinnerungen an diese großen Persönlichkeiten bemächtigten sich meiner, und ich begann, ganz erfüllt von ihnen, im Zimmer auf und ab zu gehen. Bruchstücke von Reden kamen mir in den Sinn: Abschiede, Monologe, grandiose Anklagen, packende, feurige, unergründliche Reden, Reden, die Steine zum Weinen gebracht hätten.

Mrs. Rumbold – es freute mich, das zu sehen – weinte wie ein Baby. Mr. Rumbold saß da mit offenem Mund, und die kleineren Rumbolds waren herangekrochen und kauerten stumm und verblüfft in einer Reihe am Boden. Mr. Treet wäre sehr stolz auf mich gewesen. Ich zog alle Register meines schauspielerischen Könnens, und unter Tränen zitierte ich Shakespeare, Othello, 5. Akt, 2. Auftritt:

Ich küßte dich,
Eh' ich dir Tod gab – nun sei dies der Schluß:
Mich selber tötend, sterb' ich so im Kuß.

Dann ergriff ich ein Obstmesser und stieß es mir scheinbar in die Brust.
»Nein! Nein!« kreischte Mrs. Rumbold, als ich wankte und mit einem Seufzer auf die Knie stürzte. Sie war besiegt, und die kleinen Rumbolds waren hingerissen.
Ich warf meiner Mutter einen flüchtigen Blick zu. Sie preßte ihre Lippen zusammen und blickte zu Boden. Hatte ich schon wieder etwas falsch gemacht? Doch dann sah sie mich an – und lächelte fast.
»Oh, gnädige Frau!« rief Mrs. Rumbold, nachdem ich ihr versichert hatte, daß ich nicht tödlich getroffen sei, »was für einen Sohn haben Sie! Wenn Sie mir vergeben wollen, einen solchen Dexter hat es noch nie gegeben.«
»Nein, wirklich nicht«, sagte meine Mutter kühl. »Ich glaube nicht, daß es je einen solchen Dexter gegeben hat.«
Kurz danach gingen wir, obwohl die kleinen Rumbolds flehentlich um eine zweite Vorstellung baten. In der Kutsche wagte ich es, meine Mutter anzusehen und zu lächeln. Sie blieb ernst und sagte: »Das wirst du nie mehr tun, niemals, hörst du? Ich möchte dich auch nicht mehr in diesen Kleidern sehen.«
Dann, als sie sah, wie erschrocken und bestürzt ich war, legte sie ihre Hand auf meinen Arm und fügte etwas sanfter hinzu: »Ich will nur dein Bestes, George, mein Sohn. Glaub mir, nur dein Bestes.«
Noch ganz erregt faßte ich ihre schroffe Bemerkung als eine ihrer sonderbaren Launen auf, von denen ich hoffte, daß sie ganz im Gegensatz zu ihrem wahren Wesen stünden.
Als wir zu Hause ankamen, erwartete uns eine gute Nachricht. Mein Vater hatte eine heiße Fleischbrühe zu sich genommen, und es schien, als ob sich der Tod ein wenig zurückgezogen hätte. Aber so wunderbar diese Wendung

auch war, meine Mutter vergaß darüber nicht einen Augenblick ihren Vorsatz. Sie ließ auf der Stelle das ganze Haus nach Kleidern für mich durchsuchen, die ich anstelle derjenigen tragen sollte, gegen die sie so starke Bedenken hatte.
An jenem Abend faltete ich ein wenig traurig meinen vornehmen Umhang und das Wams, meine Hose und Strümpfe zusammen und legte sie in eine Truhe, die in meinem Zimmer stand.
Aber nicht für immer, das schwor ich mir. Ich würde sie wieder hervorholen, sobald die Zeiten freundlicher waren und besser zu ihnen paßten.

Eine Kugel für Sir John

Sir John Dexter starb nicht an diesem Tag und auch nicht am nächsten und übernächsten, und Dr. Newby war ganz verwirrt. Mein Vater schlief sehr viel, und wenn er aufwachte, schien es ihm wohlzutun, mich in meinen neuen, unauffälligen Kleidern betrachten zu können. Mein Stuhl stand neben seinem Bett. Freunde, die ihn hätten aufregen können, wurden nun nicht mehr ohne weiteres eingelassen, denn Dr. Newby meinte inzwischen, mein Vater könnte vielleicht noch bis Weihnachten leben.
Diese Neugikeit brachte man nur mühsam aus ihm heraus, weil er alles so gekünstelt flüsterte, daß zum Beispiel das Wort »Weihnachten« eher einer nervösen Zuckung glich.
»Sprechen Sie doch lauter, Dr. Newby«, rief meine Mutter aus. »Sir John weiß über seinen Zustand Bescheid. Vor wem wollen Sie etwas verheimlichen?«
Dr. Newby sah so entrüstet drein, als ob ihm jemand in der Kirche die Taschen ausgeräumt hätte. Kein Mensch nämlich nimmt einen anderen so hartnäckig in Besitz wie der Arzt den Kranken. Trotzdem rang er sich schließlich dazu durch, uns die Neuigkeit mitzuteilen, denn mein Vater war

eingeschlafen. Er räumte sogar ein, daß die Freude über die Rückkehr des Sohnes seine eigenen Bemühungen unterstützt haben könnten. Zwar dürften wir nicht auf seine Genesung hoffen, denn dazu wäre schon ein Wunder nötig. Aber es käme manchmal vor, daß sich am Ende eines sinkenden Lebens eine Art Glanz ausbreite, sozusagen ein Sonnenuntergang.

Dieser neue Gesichtspunkt meiner Rolle in diesem Haus rief aber bei mir nur Unruhe und Bedrückung hervor. Ich muß wohl eher ausgesehen haben wie eine Sonne, die schon eine Weile untergegangen ist, denn der Arzt kam zu mir herüber und legte seinen Arm um meinen Hals, als wäre ich eine Flasche Medizin.

»Sie müssen heiter sein und lächeln, George Dexter. Meine Künste sind machtlos ohne Ihre Hilfe. Sie dürfen ihm nie Ihren Kummer zeigen. Denn er lebt in Ihnen, George. Zeigen Sie ihm lieber, daß sein Sohn froh ist, endlich wieder zu Hause zu sein. Sorgen Sie dafür, daß er sieht, wie Sie an schönen Tagen durch den Park reiten. Zeigen Sie sich edel und stark an der Seite Ihrer Mutter. Lassen Sie ihn all das erleben, dann wird sein Lebensabend vielleicht länger sein, als wir im Augenblick zu hoffen wagen. Denn obwohl der Tod ihm eine grausame Wunde schlug, können wir sie doch eine Zeitlang vergessen machen.«

Er ließ sehr vorsichtig von meinem Hals ab, als ob er sehen wollte, ob noch alle Knochen heil seien, und ging wieder zu meinem Vater hinüber. Mit gerunzelter Stirn starrte er auf den Tisch, der am Kopfende des Bettes stand, und nahm den seltsam drohend aussehenden Gegenstand in die Hand, einen Gegenstand, den mein Vater immer wieder mit Grimm, aber oft auch mit unendlicher Verzweiflung ansah.

Dr. Newby blickte meine Mutter fragend an. Sie zuckte mit den Achseln und nickte. »Früher oder später muß er es doch erfahren, Dr. Newby.«

Ich wartete voller Unbehagen auf das, was jetzt kommen würde.

Dann erzählte Dr. Newby, daß Sir John vor zwanzig Tagen

unter höchst geheimnisvollen Umständen nach London gefahren sei. An einem Dienstag sei er abgereist. Er, Dr. Newby, hätte geglaubt, daß für Sir John keine unmittelbare Gefahr bestünde, obwohl er Reisen zur Herbstzeit wegen des Nebels grundsätzlich ablehne.

Dann sei der Mittwoch gekommen. Das Wetter wäre scheußlich gewesen an diesem Tag. Nebel und Dunst hätten dicht über dem Boden gehangen, und die Bäume darin seien ihm vorgekommen wie Treibholz auf einem grauen, tosenden Meer.

Es sei vielleicht eine Stunde nach Mitternacht gewesen, als jemand heftig an seine Tür geklopft hätte, so laut, daß auch ein Toter wach geworden wäre.

»Wer ist da?«

»Joseph. Vom Herrenhaus. Kommen Sie schnell, Herr Doktor!«

»Was ist geschehen?«

»Sir John! Er ist tot!«

»Dann holen Sie Mr. Bennett aus der Kirche. Für Tote bin ich nicht zuständig.«

Aber es hatte sich dann herausgestellt, daß Sir John nicht tot war. Seine Kutsche wäre gerade von London zurückgekommen. Ihre Tür hätte sich geöffnet, und schwebend wie der Mond zwischen den Wolken hätte sich Sir Johns Gesicht aus der Dunkelheit der Kutsche gelöst. Plötzlich sei er zu Boden gestürzt.

»Sie können sich das Durcheinander vorstellen«, fuhr Dr. Newby ruhig fort. »Zweifellos wurde vieles getan, was seine Überlebenschancen verringerte. Aber wenigstens Ihre Mutter war so vernünftig, sofort nach mir zu schikken. Als ich kam, fand ich ihn in diesem Zimmer. Ich stellte fest, daß er noch lebte. Schwach, kaum hörbar, flüsterte er: »Meine Seite, meine Seite.«

Vorsichtig begann ich, ihn zu untersuchen, und was fand ich? Blut! Blut, Mr. George. Sein Mantel hatte es aufgesogen, und er war ganz durchtränkt davon, ebenso seine Weste und seine Unterwäsche. Ich schätzte, daß es etwa ein halber Liter war. Außerdem hatte er schon viel Blut in der

Kutsche verloren. Seine linke Seite, glücklicherweise unterhalb des Herzens, war schwer verletzt. Einige Muskeln waren gerissen, und seine Lunge war auch beschädigt. Wie war das passiert? Damit, junger Herr!«

Er zeigte mir den geheimnisvollen Gegenstand. Es war ein Stück Blei – rauh, verbeult und völlig zerkratzt.

»Jemand hat mit dieser Kugel auf ihn geschossen, Mr. George, mit der Absicht, ihn zu töten.«

»Wer? Wer war das?« rief ich bestürzt und erschrocken.

Die Augenlider meines Vaters begannen zu zittern, und Dr. Newby wisperte: »Ein andermal, nicht jetzt.«

Ich kann Ungewißheit nicht ertragen. Sie macht mich ganz krank, insbesondere fangen dann meine Hände an, feucht zu werden, so daß Staub und Dreck an ihnen kleben bleiben und sie neben meiner hellen Kleidung schrecklich schwarz aussehen. Ich versteckte sie, so gut ich konnte, hinter meinem Rücken, während meine Mutter – vielleicht einer Anregung Dr. Newbys folgend – mich durch das Erdgeschoß führte, um mir den unteren Teil des Hauses zu zeigen. Sie zeigte willkürlich auf diesen oder jenen wertvollen Gegenstand, als erwarte sie, daß ich in Begeisterung ausbräche und so meine dreizehn bescheidenen Jahre verriete. Aber mit auf dem Rücken verschränkten Händen ging ich schweigend neben ihr her und dachte nur daran, wer wohl auf meinen Vater geschossen hatte.

Das Haus war, wie ich schon erwähnte, ungeheuer groß, und es schien mir, als ob wir stundenlang gingen, ohne irgendeinen der wunderbaren Gegenstände ein zweitesmal zu sehen: große Kaminsimse, die Mr. Gibbons aus Stein gemeißelt hatte; verblichene Wandteppiche, die von den trauernden Frauen der Kreuzfahrer gewebt worden waren, höchstwahrscheinlich in eben diesen Räumen, in denen sie hingen.

Es waren Räume mit tiefen, alten Fenstern, durch die das Licht, wenn es einmal drinnen war, vergeblich wieder einen Weg nach draußen zu suchen schien; Räume, die scheinbar den Nebel gefangenhielten, so daß die nächsten Zimmer nie deutlich zu erkennen waren, sondern immer ein verschwommenes, fernes Aussehen bewahrten. Über allem lag ein sonderbarer Geruch von Eisen.

Nichts davon hatte im Augenblick irgendeine Bedeutung für mich, denn nichts war so wichtig wie das kleine verbeulte Stück Blei im Zimmer meines Vaters. Meine Mutter rauschte weiter, und ich ging schweigend neben ihr oder besser gesagt einen halben Schritt hinter ihr, denn sie blickte sich ständig um, um zu sehen, ob ich ihr auch zuhörte.

Einmal bot sie mir stumm ihren Arm an, aber sie trug ein blaßgraues Kleid, und meine Hand hätte darauf wie eine große schwarze Spinne ausgesehen. Ich hatte das Gefühl, daß sie ein wenig verletzt war, als ich ihrer Bitte nicht nachkam. So beeilte ich mich, zu lächeln und zu allem, auf das sie hinwies, »höchst elegant« zu sagen, selbst zu den Gemälden der alten Dexter, obwohl sie eine Leichenschar darstellten. Ich fand, daß sie in ihren Bilderrahmen nicht eigentlich gemalt, sondern vornehm begraben worden waren.

»Höchst elegant«, sagte ich wieder, bemerkte aber dann peinlich berührt, daß ich auf den leeren Rahmen in der Bibliothek starrte, jenen Rahmen, aus dessen sonderbarer Leere ein eisiger Luftzug zu wehen schien.

Eine tiefe Stille breitete sich aus, in der meine Mutter, so fürchtete ich, sich klarmachte, daß ich ihr kaum zugehört hatte. Ihre Lippen waren fest zusammengepreßt und ihre blassen Wangen leicht gerötet.

»Ich, ich meinte den Rahmen, er ist wirklich sehr elegant! Aber warum ist er leer? War das Bild beschädigt?« Ich wollte meinen Fehler gutmachen, was mir aber nicht gelang, denn ihre Miene verfinsterte sich noch mehr, als sie auf den leeren Rahmen sah.

»Wer war in dem Rahmen? Ein Dexter oder vielleicht ein Heiliger?«

Sie sah mich sonderbar an und sagte dann ruhig: »Es war der Edelmann, der auf deinen Vater geschossen hat. Ein Onkel von dir, Hauptmann Richard Dexter, der Bruder deines Vaters.« Sie hielt einen Augenblick inne und sagte dann voller Grimm: »Sehr elegant, nicht wahr?«

Meine Mutter ging, und ich blieb zurück, die Hände noch immer auf dem Rücken verschränkt, als ob sie dort festklebten. Ich starrte mit ungläubigem Schrecken auf die leere Stelle im Rahmen. Der Bruder ermordet seinen Bruder, wie Kain und Abel, wirklich, eine uralte Familie. Das hätte sogar Edward Treet zugegeben. Warum war es geschehen? Woher kam der Haß? Ich dachte angestrengt nach, aber es war mir unmöglich, irgendeinen verständlichen Grund für ein solches Verbrechen zu finden. Jedenfalls nicht außerhalb des Theaters. Könige ermorden ihre Brüder, aber wir waren keine Könige. Dennoch war es geschehen, und das Bild war deswegen aus seinem Rahmen entfernt worden. Wo war Richard Dexter jetzt? Lebte er noch, oder war er gehängt worden? Nein, einen Dexter hängte man nicht. Für uns gab es etwas Großartigeres, den Richtblock. Morgengrauen im Tower. Trommeln. Eine hemdsärmelige Gestalt zwischen schwarzgekleideten Henkern. Er geht den letzten Gang, das schreckliche, vornehme Gesicht zu Boden gewendet. Der Richtblock. Die Axt. Dann das Ende.

Mit Schrecken bemerkte ich, daß ich so etwas wie Stolz angesichts dieser blutigen Familientragödie empfand, bis mir mit noch größerem Schrecken klar wurde, daß es sich hier nicht um einen verrückten, unheimlichen König handelte, der seinen Ränke schmiedenden Bruder ermordet hatte. Es war mein eigener Onkel, der auf meinen eigenen Vater geschossen hatte, um ihn zu töten.

»Oh, Gott«, flüsterte ich, »warum?« Ich brauchte nicht lange zu warten. Einmal ans Licht gekommen, bleiben böse Taten nicht lange allein und finden sogar Fürsprecher.

Während ich verwirrt vor dem leeren Rahmen stand, wurde ich von Joseph, einem der Bediensteten, beobachtet. Er war ein sonderbarer Mensch. Nicht, daß er einen unangenehmen oder finsteren Eindruck gemacht hätte, aber ich hörte ihn nie herankommen, denn er ging immer sehr leise. Manchmal fragte ich mich, ob er den Boden überhaupt berührte. Ich vermutete, daß er wohl fast eine Minute hinter mir gestanden hatte, wahrscheinlich um festzustellen, in welcher Stimmung ich war.

»Mr. George«, begann er, und ich wäre vor lauter Schreck fast umgefallen. »Entschuldigen Sie, daß ich Sie so erschreckt habe, aber ich bemerkte Ihr großes Interesse an ...« Er zeigte auf den Rahmen. Ich nickte hilflos, und so begann er auch gleich mit seiner Geschichte.

»In Ihrer Familie, Mr. George, gibt es ein Fideikommiß. Ich nehme an, Sie wissen nicht, was das ist. Entschuldigen Sie, wenn ich das sage, aber obwohl Sie von Geburt her ein Dexter sind, sind Sie ja nicht als solcher erzogen worden.«

Ich lächelte, was ihn ein wenig verlegen machte. Doch ich forderte ihn auf, zu Ende zu sprechen.

»Es handelt sich bei dem Fideikommiß nicht um eine Erbkrankheit, wie Sie vielleicht annehmen, obwohl es zu einer solchen Anlaß gegeben hat. Das Fideikommiß selbst ist vortrefflich und gerecht, Mr. George. Es besagt nämlich, daß das Vermögen und der Besitz der Dexter nur einem Dexter gehören dürfen, und zwar einem, der von Geburt an ein Dexter ist, also zum Beispiel keiner angeheirateten Frau, die den Namen erst durch die Heirat erhalten hat, sondern nur einem Kind männlichen Geschlechts. Ein solches Kind sind Sie, Mr. George, und ich wünsche Ihnen von ganzem Herzen ein langes Leben, und möge Gott Sie vor allem Unheil bewahren!

Von den anderen Kindern aus Sir Johns Ehe ist keines am Leben geblieben. Drei sind auf die Welt gekommen und haben sie in der Woche ihrer Geburt wieder verlassen.

Aber zur Erleichterung und Freude Sir Johns und Lady Dexters wurde dann ein Kind geboren, das überlebte. Das waren Sie, Mr. George. Doch so hellen Sonnenschein das für die eine Linie der Dexter bedeutete, so pechschwarze Nacht bedeutete es für die andere, die jüngere Linie.

Hauptmann Richard Dexter, Ihr Onkel, der jüngere Bruder von Sir John, heiratete leider – mit Verlaub zu sagen – ein dralles, rosiges Luder, Ihre Tante, Mr. George. Durch diese

Verbindung kam ein gesundes Kind nach dem anderen auf die Welt – ein lautstarker Anspruch auf das Erbe. Doch durch Sie, Mr. Dexter, wurden seine Hoffnungen auf das Erbe zunichte gemacht. Seine Nachkommenschaft, der die Reichtümer so gut wie sicher gewesen waren, wurde durch ein wimmerndes Baby verdrängt, denn Sie waren zuerst ein kränkliches Kind. Doch nun stehen Sie da wie ein Wunder an Gesundheit.«

Hier hielt Joseph inne, strich sich über sein glattes Gesicht und warf einen verstohlenen Blick auf den leeren Rahmen, als ob dort, unsichtbar, Hauptmann Richard Dexter hockte und blutrünstig herunterstarrte. Mich überlief ein eisiger Schauer bei diesem Gedanken. Ich begriff jetzt, daß ich der Grund für jenen Mordanschlag war. Durch mein bloßes Dasein war ich die Ursache des Hasses geworden, der mir so unbegreiflich erschienen war – ein entsetzliches Gefühl.

»Dann war er es?« flüsterte ich, und Joseph fuhr fort, Mutmaßungen darüber anzustellen, wie Habsucht, Haß und Angst in der Brust des Hauptmanns getobt hätten, als er mich sah.

»Vor offenem Mord schreckte er zurück, denn damals, als er jung war, war er nicht nur ein Ungeheuer, sondern auch ein Schwächling, Mr. George. Eines Tages aber veranlaßte er Ihre Entführung, die Lady Dexter und Sir John beinahe getötet hätte.«

Er war also der Auftraggeber gewesen!

»Ich war damals ein Gärtnerssohn«, fuhr Joseph fort, »und bekam die ganze Aufregung nur teilweise mit. Aber ich weiß, daß Mrs. Smith, Ihre unachtsame Kinderfrau, um ihr Leben lief und daß Sir John sehr lange glaubte, sein Sohn sei von Zigeunern geraubt worden. Er weigerte sich nämlich, seinem eigenen Bruder eine so gemeine Tat zuzutrauen, ihm, der doch auch ein Dexter war.

Erst nachdem Mr. Craddock, der Rechtsanwalt Ihres Vaters, verschiedene unbedachte Bemerkungen von einigen Offizieren aus Hauptmann Dexters Regiment gehört hatte, kam es zu einem Verdacht, obwohl es niemals einen Beweis gab.

Mr. Craddocks drängende Fragen an Hauptmann Dexter waren vergeblich, ebenso die Suche nach dem Kind.«

Joseph machte eine Pause, als ob er mich die Familiengeschichten der Dexter voll auskosten lassen wollte.

»Vor ungefähr einem Monat spitzten sich die Dinge zu. Mr. Craddock kam, um Sir John zu besuchen. Es schien so, als ob er etwas über Ihr Schicksal in Erfahrung gebracht hätte – vielleicht nur, daß Sie noch lebten. Sir John gab seinen alten Vorsatz, seinen Bruder nie mehr sehen zu wollen, auf und fuhr nach London, um mit Richard Dexter über die Sache zu sprechen. Wie ich gehört habe, soll er im Beisein anderer sogar vor ihm auf die Knie gefallen sein. Das, Mr. George, heißt etwas für einen Mann, der so vornehm und stolz ist wie Sir John!

Der Hauptmann stritt alles ab. Vielleicht lachte er ihn sogar aus. Sir John wurde bleich wie der Tod. Wut packte ihn, Wut über die vor dreizehn Jahren geschehene niederträchtige Tat; Wut über alles, was mit diesem Ungeheuer, diesem Hauptmann Dexter, zusammenhing. Er machte sich Luft in einer zornigen Rede.

Der Hauptmann, der betrunken war und von üblen Bekannten gedrängt wurde, forderte seinen Bruder daraufhin zu einem Duell. Ein teuflischer Einfall, denn er war Soldat und im Umgang mit Waffen natürlich sehr erfahren. Sir John kam zurück, ordnete seine Angelegenheiten und ging fort, um sich seinem Bruder zu stellen.

Ihretwegen also liegt Ihr Vater im Sterben, Mr. George, und das sollte Sie mit Stolz erfüllen. Nicht jeder Junge von vierzehn Jahren kann von sich behaupten, daß seinetwegen edelstes englisches Blut vergossen wurde. Ja, Sie tun recht daran, voller Zorn auf den leeren Bilderrahmen zu blikken. Möge Gott Hauptmann Dexter gnädig sein, wenn er durch Ihre Hand gestraft wird, Mr. George!«

Meine Erbschaft umfaßte also mehr als nur einen großen Namen und stattliche Besitztümer. Eine unerfreuliche Kleinigkeit gehörte noch dazu: Rache. Wenn mein Onkel nicht tot war, wo war er dann? Grübelnd ging ich durch das Haus, und dunkle Gedanken leisteten mir Gesellschaft.

Rache – das war eine furchtbare Last, die mich fast erdrückte.
Einmal fiel mein Blick zufällig in einen Spiegel. Ich erschrak, als ich meinem finsteren, fremden Spiegelbild gegenüberstand. Wenn ich mir so auf der Straße begegnet wäre, hätte ich mich sicher nicht erkannt. Schaudernd hätte ich mich wohl gefragt, wer dieser düstere Junge mit der hohen Stirn war, der aussah, als ob die ganze Welt auf seinen Schultern lastete.
Dieser gräßliche Zustand dauerte zwei Tage. Als aber keine Geister erschienen, keine Botschaften unter meiner Tür durchgeschoben wurden und kein drohendes Flüstern an mein Ohr drang, begann ich, mich zu erholen und zu hoffen, daß Richard Dexter um sein Leben gelaufen wäre und sich auf der anderen Seite der Welt befände.
Allmählich erwachten meine Lebensgeister wieder, und ich bemühte mich, sie ins richtige Verhältnis zu meiner neuen Lage zu bringen, denn was die Treets zum Lachen gebracht hätte, brachte die Dexter zum Weinen. Zu einem Namen von Stand gehört eben ein ausgeprägtes Gefühl für das Schickliche.
Oh, Mr. Treet, warum haben Sie mich meiner Familie zurückgegeben? Hätte Ihr Gewissen nicht ein bißchen länger schlummern können? Ehrlichkeit mag die beste Eigenschaft sein, aber es gibt sicherlich einige Dinge, die noch wichtiger sind. Wenn nur die Zahlung des Geldes nicht eingestellt worden wäre.

Eine schlimme Nachricht

5. Dezember. Bereits vier Wochen war ich ein Dexter. Das ist keine geringe Leistung. Alle meine Zweifel, Ängste und meine Unsicherheit waren wie weggeblasen. Zimmer, Treppen, Türen und Erker, die mir zuerst so prächtig und ungewöhnlich wie indische Wunderwerke erschienen waren, wurden mir allmählich vertraut. Ich fand den Weg vom Schlafzimmer zu den Küchen oder zum Salon meiner Mutter, ohne mich einmal oder gar mehrmals zu verlaufen und mich vor einer Tür wiederzufinden, die ich nie zuvor gesehen hatte. In den ersten Tagen vermutete ich hinter jeder dieser Türen ein Geheimnis.

Auch die Diener wurden allmählich etwas Alltägliches, da ich sie jeden Tag sah. Ich begann, mich an ihre sonderbaren Auftritte zu gewöhnen. Sie kamen und gingen wie vornehme Geister, die fast immer freundlich lächelten, sogar durch das Holzwerk hindurch. Selbst der beunruhigende Gedanke an den Onkel, einen Mörder in der Familie, verlor in diesem Haus an Bedeutung. Auch der leere Bilderrahmen in der Bibliothek, der mich zwar noch manchmal in Unruhe versetzte, bedrückte mich längst nicht mehr so sehr wie früher.

Zu den freundlichen Seiten meines neuen Lebens gehörten vor allem die respektvollen Nachbarn und die ehrerbietigen Händler. Immer wenn ich die Treets vermißte, erwiesen sie sich als großer Trost. Alle schienen erfreut, ja sogar geehrt zu sein, wenn sie mich sahen, und keiner gab mir Anlaß, mißtrauisch zu sein.

Ich halte es doch für recht unsinnig, was über die Einsamkeit hochgestellter und reicher Personen gesagt wird. Wer sich trotz seiner hohen Stellung und trotz seines Reichtums einsam fühlt, wäre ohne beides wahrscheinlich noch viel einsamer. Was die Ängste und Sorgen betrifft, die mit

Reichtum verbunden sein sollen, nun, ich zerbreche mir lieber den Kopf darüber, was ich mit tausend Pfund anfange, als darüber, wie ich mich ohne sie über Wasser halte. Denn schließlich kann sich ein reicher Mann jederzeit in einen armen verwandeln, wenn er will, aber ein Armer hat da keine Wahl.

Da ich gerade von tausend Pfund spreche: Was spielte sich in diesen Tagen wohl in London ab? Welches großartige Meisterwerk wurde da gerade vorbereitet? Welche neuen Wunder produzierten die Treets, über denen Gottes Segen ruhen möge?

Schließlich gab es noch zwei Dinge, die zu einem erstklassigen, unbeugsamen und gebildeten Dexter gehörten: Eine Mutter, die kühl, knapp, ironisch, neugierig und nie langweilig war. Die hatte ich. Dazu einen Vater, der trotz seiner Krankheit edel, vornehm und heiter war, der sich über meinen Anblick freute, der stolz auf mein Aussehen war und dem es Vergnügen bereitete, wenn ich ihm Gesellschaft leistete. Den hatte ich auch.

Eines Tages, als er zu Gesprächen aufgelegt war, sagte er: »Ich würde dich gern mit auf die Jagd nehmen, Junge. Aber wahrscheinlich würde ich dir nur lästig sein. Doch wer weiß, wie das Schicksal es will, vielleicht jagen wir eines Tages doch noch einmal zusammen im Dickicht. Kannst du gut mit dem Gewehr umgehen?«

»Der Umgang mit Pistolen gehört zu den Talenten der Familie«, bemerkte meine Mutter.

Mein Vater seufzte, streckte mir seine Hand entgegen und berührte meine fast, aber nicht ganz. Ich machte eine Bewegung, um ihm entgegenzukommen. Aber er zog seine Hand zurück und fingerte an seiner Kehle herum. »Ich fürchte, deine Mutter ist für sanftere Jagden, Junge. Sie ist eine edle und zarte Dame«, fügte er etwas unglaubwürdig hinzu.

Da ich begriff, daß er darauf hoffte, von seinem Sohn unterstützt zu werden, erwiderte ich schnell: »Ich habe einige Erfahrung im Umgang mit Waffen. Mr. Treet hat es mir beigebracht.«

»Ha!« sagte mein Vater, wobei er meine Mutter triumphierend anlachte, die sich scheinbar geschlagen gab. »Und auf welche Waffen verstehst du dich, Junge?«
Meine Worte waren keine Prahlerei gewesen. Auf der Bühne wurden hohe Anforderungen gestellt, und ich konnte vortrefflich mit allen Dingen umgehen, die für einen Helden wichtig sind.
»Musketen, Pistolen, Arkebusen, Donnerbüchsen, Vogelflinten, Karabiner, Dolche, Florette, Schwerter, Säbel, Degen und Streitkolben«, erwiderte ich gelassen und war verärgert, als ich meine Mutter lachen hörte.
»Er ist für jede Art Auseinandersetzung gewappnet, Sir John. Sie sollten stolz sein.«
Aber mein Vater hatte sich abgewandt und die Augen geschlossen. Meine Mutter legte fast freundlich ihre Hand auf meine Schulter und meinte ironisch: »Lieber George, hat Mr. Treet vergessen, dir beizubringen, wie man mit Pfeil und Bogen schießt? Es würde mich beunruhigen, wenn du irgend jemandem gegenüber im Nachteil wärest.« Dann wurde ihr Gesicht so kalt wie Stein, und sie rauschte davon.
Danach sprach mein Vater nie mehr mit mir über Dinge, die mein Leben bei den Treets betrafen. Ich nehme an, daß er meiner Mutter keine Gelegenheit mehr geben wollte zu spotten. Statt dessen sprach er davon, wohin wir zusammen reiten würden, wenn er wieder gesund werden sollte, und wen wir besuchen könnten. Weihnachten wollte er sogar einen Ball geben. Das wäre die beste Gelegenheit, um die Nachbarn kennenzulernen, meinte er vergnügt.
»Kannst du tanzen, George?« fragte meine Mutter verschmitzt. Ich nickte, wagte aber nicht, ausführlicher zu antworten.
Mein Vater und ich wurden in kurzer Zeit so gute Freunde, wie es bei seinem Zustand überhaupt möglich war. Ich hatte das Gefühl, daß sich zwischen uns eine innige und herzliche Beziehung entwickelte, die sich trotz der frostigen Atmosphäre, die von Lady Dexter ausging, zu entfalten schien und durch deren Mißfallensäußerungen nur

noch tiefer wurde. Ich bedauerte schmerzlich, daß ich meinen Vater nicht schon zu Zeiten gekannt hatte, als er noch gesund war, denn mit seinem liebenswürdigen Wesen und seiner vornehmen Lebensart wäre er gewiß ein prächtiger Gefährte gewesen. Ich zweifelte keinen Augenblick daran, daß er genauso dachte. Bis zum 13. Dezember.
An jenem Tag traf eine Nachricht ein, die eine ganz außergewöhnliche Wirkung auf ihn hatte.
Hauptmann Richard Dexter war im Gefängnis. Er war verhaftet, vor Gericht gestellt und zu zwei Jahren Kerker verurteilt worden. Ein Konstabler, ein Polizist, hatte das Duell zwischen meinem Vater und Hauptmann Dexter beobachtet und sich sofort als Zeuge gemeldet. Daraufhin war Richard Dexter in seinem Quartier festgenommen worden. Seine Frau und seine Kinder waren mit ihm ins Gefängnis gegangen, nicht aus Treue, sondern weil sie keinen roten Heller mehr besaßen.
Diese Neuigkeit berichtete mir Josef mit der Miene eines unglücklichen Menschen, über den schlechte Zeiten hereingebrochen sind. Eine eigenartige Atmosphäre umgab ihn, und seine Freundlichkeit wirkte hohl.
»Das ist nicht das Schlimmste«, sagte er. »Das Schlimmste ist, daß keiner von uns wagt, Sir John alles zu erzählen, denn es würde ihn auf der Stelle töten. Das ist sicher, Mr. George. Ich war im Zimmer, als jemand von Mr. Craddocks Büro den unwichtigsten Teil dieser Nachricht erzählte. In den Augen Ihres Vaters standen Tränen, so schmachvoll war es für ihn, daß ein Dexter wie ein Schwerverbrecher eingesperrt wurde. Wenn sie den Hauptmann gehängt hätten, hätte es ihn wahrscheinlich weniger getroffen, denn dann hätte alles ein Ende gehabt. Sehen Sie, Mr. George, der Tod setzt einen Punkt, aber das Leben quält uns immerzu.« Joseph machte seinem Grimm Luft und gab seine Weltweisheiten zum besten, wobei er seine Erzählung mit Hinweisen auf Sir Johns Zustand würzte, auf seine Blässe, seinen Zorn, seine Würde und seine Hoffnungen für seinen Sohn.
Ich verspürte eine große Erleichterung, die ich vor Joseph

zu verbergen suchte. Nun brauchte ich keine Vergeltung mehr zu üben. Zum ersten Male in meinem Leben war ich dankbar, daß es Gesetze gab, und zum ersten Male fühlte ich mich einem Richter sehr verbunden. Das Ungeheuer war eingesperrt worden. Was für ein erfreuliches Ereignis. Jetzt konnte ich auch das große Rätsel für den wißbegierigen Edward Treet lösen. Die einfache Antwort war: Mr. Treet hatte kein Geld mehr bekommen, weil der, der es immer gezahlt hatte, kein Geld mehr besaß.
Wie mußte der Hauptmann vor Wut und Bitterkeit über die Folgen des Duells geschwitzt haben. Sein Bruder lebte, und sich selbst hatte er ruiniert. Dreizehn Jahre und die ganze List waren umsonst gewesen. Er mußte sich jetzt für seine Schwäche von damals verfluchen, als er das Kind hätte töten können und es nicht getan hatte. Sein Weib, seine ohne Aussicht auf Erbschaft dastehenden Söhne bedrängten ihn. Sie waren wie eine Strafe der Hölle für das Böse, das er nicht vollendet hatte.
»Wenn Sie diesen Mann einmal sehen sollten, Mr. George ...« murmelte Joseph weiter. Gott weiß, was er alles zu erzählen hatte. Ich war inzwischen in einen Tagtraum verfallen, in dem ich die schrecklichen Ereignisse einem staunend dasitzenden Edward Treet erzählte.
Plötzlich wachte ich erschrocken aus meinen Phantasien auf. Joseph hielt ein ausgefranstes Porträt in die Höhe, das aus seinem Rahmen gerissen worden war. Ein fahles Gesicht, jung zwar, mit hellblauen Augen, aber mit einem gequält wirkenden Lächeln sah zu mir auf.
»Das Bild wurde zu der Zeit gemalt, als Sie geraubt wurden, Mr. George. Es ist Hauptmann Dexter.«
»Und ... Und warum zeigen Sie es mir?«
»Nun, wie ich Ihnen bereits sagte, Mr. George, das ist doch das Schlimmste an der Nachricht. Dieser gefährliche Gentleman ist ausgebrochen!«

Mein Vater saß auf einem Stuhl, und zwar angezogen. Zuerst dachte ich, er sei weggegangen. Das Bett war leer, und im Stuhl saß ein gewaltiger Fremder. Vorher hatte ich meinen Vater niemals in Kleidern gesehen. Er trug einen pflaumenblauen Samtrock mit goldenem Besatz, sehr wenig Borte, die dafür von besonders guter Qualität war, und eine holländische Perücke, die ihn sehr stattlich erscheinen ließ.

»Du kommst sehr spät, Junge. Wo bist du gewesen?« Seine Stimme war scharf, sein Blick eisig und durchdringend.

»Im Haus, nirgendwo sonst.«

Dr. Newby, der anwesend war, wisperte mir etwas zu, aber ich war zu verstört, um es richtig aufnehmen zu können.

»Komm her. Stell dich neben mich.«

Seit fünf Wochen war ich ein Dexter. In bezug auf die sechste Woche begannen sich bei mir Zweifel zu regen. Ich ging auf seinen Stuhl zu und stellte mich neben ihn.

»Was halten Sie von ihm, Mylady? Sieht er nicht wie der Neffe eines Schwerverbrechers aus?«

Ich machte mich auf eine entsprechende Antwort meiner Mutter gefaßt. Es war ein äußerst unerfreulicher Morgen, obwohl die Sonne schien und kein Nebel den hübschen Park verdeckte. Meine Mutter sagte: »Ich habe Jungen gesehen, die ungestalter waren, Sir John.«

»Wo?«

»In Häusern, die so vornehm sind wie dieses.«

Ein unerwarteter Verbündeter, aber ein unbequemer, denn ich wußte bei dieser spöttischen Dame, die meine Mutter war, nie, auf wessen Seite sie gerade stand und für wie lange. Mein Vater fuhr fort, mich anzustarren.

»Seine Gesichtsfarbe, ist sie nicht sehr ordinär?«

»Das kommt von zuviel frischer Luft. Etwas länger in diesem Haus, und er wird so blaß sein wie die besten unseres Geschlechts.«

»Ihr Vater hat schlechte Nachrichten bekommen, George«, sagte Dr. Newby. »Äußerst beunruhigende Nachrichten.«

»Ich weiß.«

»Mit den Dienern getratscht, was?« fragte mein Vater. Doch dann schien er seine Härte ganz plötzlich zu bereuen und lächelte traurig.

Ich überlegte verwirrt, ob ich jetzt meine unzähligen,

quälenden Fragen über meinen ungeheuerlichen Onkel stellen sollte – ehrliche Fragen, zornige Fragen, Fragen, die ein starkes Gefühl, Hochachtung und Liebe für den unglücklichen Edelmann verraten hätten, der so bleich vor mir auf seinem großen Stuhl saß und mich anblickte, als ob ich zehntausend Meilen weit entfernt wäre.
Dann erinnerte ich mich aber an Mr. Treets Rat, keine neugierigen Fragen zu stellen, sondern zurückhaltend zu sein. So hielt ich den Mund und lächelte, was zumindest dazu führte, daß die peinliche Befragung aufhörte, wenn auch mit einem Seufzer. Ich verließ das Zimmer mit dem festen Entschluß, am nächsten Tag zuvorkommender zu meinem Vater zu sein und besser auf seine Stimmung einzugehen. Ich hatte noch andere Wünsche, vor allem aber den, meinen Onkel gehängt, erschossen oder auf irgendeine andere Weise bestraft zu sehen für all das Leid, das er uns zugefügt hatte.
Ich machte mich auf die Suche nach Joseph und fand ihn sehr schnell. Ich bat ihn, mir noch einmal das Bild zu zeigen. Freudig und bereitwillig tat er mir den Gefallen. Lange studierte ich das Gesicht meines Onkels und prägte es mir genau ein.
»Das ist wirklich ein gefährlicher Mann«, murmelte Joseph. »Von Zeit zu Zeit gibt es einen Dexter, der sich als Bösewicht entpuppt, schwarz wie die Nacht, Mr. George.«
Ich versuchte, mir vorzustellen, wie sich dieses Gesicht in dreizehn Jahren verändert haben könnte und welche Wandlung seine Seele durchgemacht haben mochte. Das Ergebnis war nicht erfreulich, denn ich begann, ihn in dunklen Ecken zu sehen, oder glaubte, daß sein Schatten am Fenster vorüberzog oder den Rasen überquerte.
An meiner Schlafzimmertür war von innen ein Riegel angebracht. Ich schob ihn vor, und das rostige Eisen kreischte so durchdringend, wie es nur ein Sünder in der Hölle tun kann. Zu meiner Erleichterung schien es keiner gehört zu haben.
Am nächsten Tag benahm sich mein Vater, als ob nichts geschehen wäre. Er wagte es, ein paar Schritte im Zimmer

auf und ab zu gehen und stützte sich dabei auf meinen Arm. Ich war mir der Auszeichnung bewußt, trotz der ironischen Blicke meiner Mutter.
Dr. Newby meinte, Ende der Woche könnte er sich bis in die große Halle vorwagen, ohne daß es ihm schaden würde. Aber unter keinen Umständen dürfe er an die frische Luft gehen. Ich glaube, Dr. Newby wußte über die Flucht meines Onkels Bescheid und fürchtete, er hätte sich im Park versteckt und wartete nur auf eine Chance.
Und meine Mutter? Wußte sie Bescheid? Wahrscheinlich ja, denn einige Male bemerkte ich, wie sie sorgenvoll aus dem Fenster sah. Sie widersprach dann auch fast leidenschaftlich Sir John, als er eines Morgens den Rat des Arztes schroff zurückwies und die Absicht äußerte, in den Park zu gehen.
Doch mein Vater war ein Mensch, den man nicht so leicht von seiner einmal gefaßten Absicht abbringen konnte. Hinter seinem freundlichen Verhalten steckten ein eiserner Wille und große Charakterstärke, durch die er sogar körperliche Schwächen überwinden zu können schien.
»Mylady«, sagte er bestimmt, »der Junge wird mir helfen, auch wenn Sie dagegen sind.«
So gingen wir auf die Terrasse und langsam zur Auffahrt hinunter. Meine Mutter beobachtete uns ängstlich vom Fenster aus. Sie hatte sich geweigert, den kleinen Ausflug durch ihre Begleitung noch zu unterstützen.
Obwohl mein Vater sich bemühte, wie ein Gesunder zu gehen, stützte er sich doch schwer auf meine Schulter und war gezwungen, alle paar Schritte stehenzubleiben, um Atem zu schöpfen.
»Du und ich!« murmelte er. Dann lächelte er bitter, als ob er sich seines elenden Zustandes schämte.
Um ihn abzulenken, zeigte ich ihm das Weißbirkenwäldchen, das keine hundert Schritte von uns entfernt war und sich fast bis zum Dorf erstreckte. In dem zarten Laubwerk hing, trotz des schönen Wetters, wieder Nebel, so daß es ganz unmöglich war, auch nur einen kleinen Teil des Wäldchens zu übersehen. Ich hielt es für einen guten Platz zum

Spielen. Es schien aber so, als ob ich mich geirrt hätte, und zwar gründlich.

In dem Wäldchen, erzählte mein Vater mir, hätte einst ein verfolgter Bote des Königs Zuflucht gesucht, und außerdem wäre dort einmal ein Dexter für einen besonderen Dienst belohnt worden. An einem solchen Ort aber trampele und jage man nicht wie ein ungehobelter Bauer herum. Einen solchen Ort schütze man wie seinen guten Namen. Ich sei schließlich ein Dexter, meinte er. Selbst wenn ich in niedrigen Kreisen erzogen worden wäre, sollte ich soviel Respekt haben.

Ich betrachtete das Wäldchen und glaubte, etwas darin glitzern zu sehen. Um mich von meinem Kummer über den Tadel abzulenken, malte ich mir aus, was es wohl sein konnte.

»Junge«, sagte mein Vater ruhig. »Ich wollte dich nicht verletzen. Aber eigentlich bin ich doch froh, daß ich es getan habe, denn ich habe gesehen, daß du mir Ehre machst und daß du dich wie ein Edelmann verhalten hast. Ich habe gesehen, wie du darum kämpftest, deinen Kummer nicht zu zeigen, und daß du mir keine Vorwürfe wegen des Tadels machst, den ich dir ausgesprochen habe. Ich könnte mir von meinem Sohn nichts Besseres wünschen.«

Wieder glitzerte es im Wäldchen – wie Metall. Ich sagte beunruhigt: »Sollten wir nicht lieber ins Haus zurückgehen? Sie müssen müde sein . . .«

Später flüsterte mir Joseph zu: »Haben Sie es gesehen? Haben Sie es gesehen, Mr. George?«

»Was soll ich gesehen haben?«

»Im Wäldchen. Das ist er. Bewaffnet. Der Hauptmann liegt auf der Lauer!«

»*Um sechs Uhr im Wäldchen*«

Joseph hatte unrecht, zum Glück. Er hatte auch etwas im Wäldchen aufblitzen sehen und sofort seinen Schluß daraus gezogen. Bis sich herausgestellt hatte, wer die Person im Wäldchen gewesen war, trug er eine Verschwörermiene zur Schau, und zwar so vorsichtig wie einen neuen Hut. Seine Augen, die eher schwelten als brannten, denn sie waren meistens feucht, verfolgten mich ständig und schienen mich in den Wald drängen zu wollen.

»Mr. George, es ist Ihre Pflicht. Mr. George, Sie waren einst sein Opfer, nun muß er Ihr Opfer werden. Dieses Haus verlangt es so. Tod dem Hauptmann durch Ihre Hand!«

Ein anderer Bedienter, dem die Feuchtigkeit in die Knochen gefahren war, lag mit Schüttelfrost im Bett. So hatte Joseph die Aufgabe, die Waffen im Gewehrraum zu ölen und blank zu putzen. Er wußte, daß ich eine besondere Vorliebe für Pistolen und Flinten hatte, genau wie er.

»Prächtige Waffen, Mr. George, nicht wahr? Und sogar christlich.«

»Christlich?« fragte ich etwas erstaunt.

»Aber sicher, Mr. George. Waffen machen die Schwachen den Starken gleich. So kann zum Beispiel ein Junge, der zwar Namen und Ehre hat, aber noch nicht erwachsen ist, den größten Schurken der Welt mit einer guten Pistole besiegen.«

»Um dafür aufgehängt zu werden?«

»Aber nein. Es handelt sich doch um Selbstverteidigung, Mr. George. Wo bliebe denn da das Recht?«

»Selbstverteidigung? Und wenn der Bursche auch eine Pistole hat und vielleicht ein besserer Schütze ist? Dann wird *er* wahrscheinlich nicht gehängt, weil es Notwehr war.«

»Oh, Mr. George!« rief Joseph vorwurfsvoll. »Sie sind so

schlau wie eine ganze Bühne voller Affen! Wenn es um eine Wette ginge, würde ich alles auf einen jungen Mann wie Sie setzen, der äußerst schnell, äußerst geistreich und durch nichts einzuschüchtern ist. Nur Mut, Mr. George, das ist Ihre Stärke.«

So redete er eine Zeitlang auf mich ein und dachte sich immer wieder einen neuen Vorwand aus, damit ich mit ihm in den Gewehrraum ging. Er hoffte offenbar, ich würde mir eine Waffe nehmen, ins Wäldchen gehen und den Hauptmann erschießen. Nicht nur, um sich an dem Knall, dem Schrei und dem dumpfen Aufprall zu erfreuen, nein, bei all seiner unechten Blutrünstigkeit liebte Joseph meinen Vater sehr und wünschte sich nichts sehnlicher, als daß er gerächt würde. Er mochte auch mich gern, meiner Abstammung wegen, zweifelte aber an meiner Ehre als Dexter, solange mein Onkel lebte.

Es war ein harter Schlag für ihn, als sich herausstellte, daß die Person, die er im Wäldchen vermutet hatte, nicht der gefährliche Hauptmann war. Wenn man es recht bedenkt, wäre es auch ein schlechtgewählter Zufluchtsort für jenen bösartigen und geheimnisvollen Mann gewesen. Sein Bild ließ auf einen raffinierten und verschlagenen Edelmann schließen, der auf seine eigene Sicherheit nicht weniger bedacht war als auf den Ruin seines Bruders. Weiß Gott, wohin er vom Gefängnis aus geflohen war. Aber eins war sicher: Er war nicht ausgebrochen, nur um vor Josephs zornigen Blicken eine Vorstellung zu geben.

Die Person, die sich im Wäldchen verborgen hatte, war Mrs. Montague gewesen. Das Glänzen war der Reflex des Sonnenlichts auf ihrer glitzernden Halskette mit dem Silberkreuz, die sie immer trug, als ob sie zeigen wollte, daß sie eine glaubwürdige Vermittlerin zwischen den beiden Welten, der des Lichts und der Welt der Finsternis, war.

Kurz vor halb drei verließ sie das Wäldchen und kam langsam die Auffahrt herauf. Mir schien es, daß sie Zweifel hatte, ob es klug und richtig sei zu kommen. Ich hatte mich nicht getäuscht, denn, wie wir später erfuhren, hatte dieser Zweifel sie dazu veranlaßt, sich für mehrere Stunden im

Wäldchen zu verstecken und sich zu überlegen, ob sie im Haus vorsprechen sollte oder nicht. Daß sie die Angelegenheit erst mit ihren Geisterstimmen besprechen wollte, halte ich allerdings auch für möglich.
»Und dann, gnädige Frau«, erklärte diese sauergesichtige Dame, als sie mit meiner Mutter im Salon beim Tee saß, »überkam mich die Erinnerung an die dreizehn Jahre, in denen wir uns so gut verstanden haben. Ich beschloß, Sie aufzusuchen und Sie wegen der Geisterstimmen, die mir falsche Dinge über Ihren Sohn einflüsterten, um Vergebung und Verzeihung zu bitten, selbst auf die Gefahr hin, Ihr und Sir Johns Mißfallen zu erregen.«
Meine Mutter nickte reserviert und bot ihr ein Stück Kuchen an, das sie entgegennahm, als wäre es eine Hostie. Sie biß hinein und begann zu schluchzen und ihre glänzenden schwarzen Knopfaugen zu betupfen, als ob sie Angst hätte, daß sie abgingen.
Scheinbar unbedeutende Einzelheiten wie das Muster auf dem Porzellan und der alte, gobelingeschmückte Stuhl waren es, an die sie sich in diesen letzten Wochen erinnert hatte und die sie traurig stimmten. Sie weinte Freudentränen, als wäre sie wieder im Hause ihrer Kindheit mit all seinen Freuden und Wonnen.
Meine Mutter zuckte mit den Achseln und sagte, sie habe niemals die Absicht gehabt, Mrs. Montague des Glücks zu berauben, uns besuchen zu dürfen, und sie sei selbstverständlich jederzeit bereit, sie zu empfangen, obwohl es dabei natürlich gewisse Unterschiede gäbe. Hier wandte sie den Kopf und warf mir einen unergründlichen Blick zu.
Mein Vater war nicht anwesend, da er von dem Morgenspaziergang erschöpft war.
Es entstand ein drückendes Schweigen. Dann starrten zuerst meine Mutter und dann Mrs. Montague auf einen dreibeinigen, bäuerlichen Tisch, der in einer Ecke des Zimmers stand. Dieser Tisch war es, so hörte ich, an dem sie immer gesessen hatten, wenn Mrs. Montague mit dem Geist des toten Kindes in Verbindung getreten war, der behauptet hatte, George Dexter zu sein.

»Gnädige Frau«, sagte Mrs. Montague feierlich. »Ich schwöre Ihnen, weit mehr, als ich Sie getäuscht habe, wurde ich von dem Geist getäuscht.«
»Ja, das hoffe ich«, entgegnete meine Mutter bestimmt. »Denn wenn Sir John oder ich anders darüber dächten, über Geister und Hexen meine ich, wären Sie an einem weniger friedlichen Ort als dort, wo sie gerade sitzen.«
Mrs. Montague blickte den kleinen Tisch unsicher an. »Von einem toten Kind belogen!« murmelte sie. »Was bleibt da noch, woran man glauben könnte?«
»Nun, das lebendige, Mrs. Montague!« rief meine Mutter.
»Ja, natürlich, Mylady. Ich bin froh, daß ich närrische, irregeleitete alte Frau durch diesen stattlichen und lebendigen jungen Mann widerlegt worden bin. Was für mich eine schreckliche Ernüchterung war, bedeutet für Sie einen wunderbaren Gewinn, gnädige Frau. Wieviel vornehmer ist Ihr George doch als das jammernde Baby, das vortäuschte, er zu sein. O böser, böser Geist!«
Ich überlegte, ob ich den unglaubwürdigen Geist verteidigen oder nur vornehm lächeln und den Mund halten sollte. Mrs. Montague, die ihre weißen Hände in ihrem schwarzen Schoß liegen hatte, betrachtete mich mit der ganzen Offenheit, zu der sie fähig war, während meine Mutter nervös mit den Teesachen herumspielte, als ob sie sagen wollte: »Nun, George, sag etwas.«
Ich bemühte mich, möglichst gelassen und ruhig zu wirken, und sagte: »Wie schnell es zu dieser Jahreszeit dunkel wird. Die Abende werden kürzer . . .«
»Ein Wink mit dem Zaunpfahl!« rief Mrs. Montague erregt. »Gnädige Frau, ich glaube, George meint, daß ich schon zu lange geblieben bin.«
»George«, sagte meine Mutter, wobei sie ein wenig errötete, »ich nehme an, du hattest nur den törichten Wunsch, überhaupt etwas zu sagen. Ich nehme an, du hattest nicht die Absicht, dich ungehörig zu benehmen. Deshalb verlange ich nicht von dir, daß du um Verzeihung bittest, denn du müßtest dich dann für deine Dummheit entschuldigen. Mrs. Montague, lassen Sie bitte meine Entschuldigung gelten,

und nehmen Sie noch eine Tasse Tee. Bis fünf Uhr will ich von Ihrem Aufbruch nichts mehr hören.«
Inzwischen war der Augenblick vorbei, in dem ich hätte erklären können, daß ich nur dem peinlichen Gespräch eine andere Richtung geben wollte. Da ich keine Gelegenheit hatte, mein Verhalten zu rechtfertigen, saß ich sehr bedrückt da und hatte nur den einen Wunsch, meinen Platz mit dem des von mir verdrängten Kindes zu tauschen.
»George! Mrs. Montague hat dich nach Mr. Treet gefragt.« Die Stimme meiner Mutter ließ mich aufschrecken. »Mr. Treet, dein Pflegevater. Hast du ihn so schnell vergessen? Komm, erzähle etwas von ihm.«
Das war wirklich sonderbar. Sonst wurde ich, sobald ich die Treets erwähnte, mißbilligend angesehen. Mrs. Montague mußte also zur unteren Klasse gehören, denn sonst hätte sie wohl nicht nach Mr. Treet gefragt.
»Ein Genie«, begann ich, »ein ganz großartiger Mensch. Ein ungeheurer Geist. Er ist wirklich einmalig.«
Aus den Augenwinkeln warf ich einen Blick auf meine Mutter, auf deren Gesicht sich Spott und Lachen mischten. Aber sie verhielt sich ruhig und ließ mich weitersprechen. Was ich auch erzählte, leidenschaftlich und ausschweifend, ich tat es mehr, um ihr zu imponieren, als um Mrs. Montagues Neugierde zu befriedigen.
Ich zählte Mr. Treets Talente und Triumphe auf – seine Würde, seine berufliche Stellung, seine Eleganz und seine Intelligenz, seine Lebensart und seine Freundlichkeit, sein gelehrtes Wissen und seinen Scharfsinn und ganz allgemein das wunderbar großartige Wesen jenes bedeutenden und weit unterschätzten Mannes.
Zum Schluß kam ich kurz auf seine Mißgeschicke zu sprechen, denn ich spürte, daß ich irgendeine Erklärung dafür anführen mußte, weshalb diesem genialen Menschen der Erfolg versagt blieb.
Mrs. Montague nickte: »Er scheint ein sehr guter Mensch zu sein.«
»Du lieber Gott!« rief meine Mutter aus. »Ein Genie, nichts Geringeres, schon wenn man die Hälfte von dem, was uns

gerade erzählt wurde, berücksichtigt. Ich hoffe, er war über die tausend Pfund nicht beleidigt.«

Ich sah ihr Gesicht nicht, aber ich vermutete, daß das, was sie sagte, genauso ironisch gemeint war wie immer. So kühl ich konnte, erwiderte ich: »Ich bin sicher, er sah darin das, was er von Sir John und Lady Dexter erwartet hatte, eine höfliche Geste, Mutter.« Ich hielt es nicht für notwendig, Mr. Treets unendliche Freude über sein unverhofftes Glück zu erwähnen, denn das war eine private Angelegenheit zwischen ihm und mir.

Plötzlich sagte meine Mutter: »Du lieber Himmel, Mrs. Montague! Es ist fast fünf Uhr. Da wollten Sie doch gehen. Entschuldigen Sie bitte, gnädige Frau, daß ich Sie so lange durch meine Plaudereien hier festgehalten habe, während Sie wahrscheinlich schon längst unterwegs sein wollten.«

Mrs. Montague sah etwas verblüfft aus. Dann stand sie auf, um zu gehen, als ob sie von fünf Uhr gesprochen hätte. Auch ich glaubte es fast. Ich kannte niemanden, der so wie meine Mutter die Kunst beherrschte, einen Gast, der nicht aufbrechen wollte, rasch zu verabschieden.

Ich bemerkte, daß ich auf einmal direkt neben Mrs. Montague stand. Der Ausdruck dümmlicher Verwirrung war noch nicht aus ihrem Gesicht gewichen, so daß das, was jetzt geschah, für mich völlig unerwartet kam.

»Um sechs Uhr im Wäldchen!« hauchte sie, und als sie das sagte, blickten ihre Augen einen Augenblick lang ganz scharf, als ob sie wirklich nur jämmerlich schwarze Knöpfe wären, die von den Fäden, die sie hielten, plötzlich stramm angezogen würden. Ich war sicher, daß meine Mutter nichts gehört hatte.

Mrs. Montague lehnte sowohl die Kutsche als auch einen Diener, der sie begleiten sollte, ab. Ich sah, wie sie die Terrasse überquerte und die Stufen zur Auffahrt hinunterstieg. Es war schon ziemlich dunkel, und ihre Umrisse waren nur noch verschwommen zu erkennen. Dann schien sie zu zögern, und ein plötzlich sichtbar werdender weißer Fleck, der aus ihrer Gestalt hervorzuwachsen schien, verriet, daß sie ihren Kopf gewandt hatte, um noch einmal zum Haus zurückzublicken. Aber dann ging sie weiter, mit sonderbar schaukelnden Schritten, als ob sie erregt wäre. Irgend etwas an ihr schien unauflöslich mit der Nacht verbunden zu sein. Nachdem sie schon minutenlang verschwunden war, starrte ich immer noch in die Dunkelheit. Ich glaubte, ihre Umrisse noch erkennen zu können – manchmal auf der Auffahrt, manchmal auf dem Rasen, und manchmal sah ich sie ein paar Schritte über dem Boden durch die Luft schreiten.

Ich fragte mich, wie lange sie wohl in dem Wäldchen warten würde, bevor sie es aufgab, denn ich fühlte mich nicht an diese Verabredung gebunden. Was wollte sie von mir? Was konnte es für Geheimnisse geben, die sie nicht im Haus bekanntzugeben wagte? Welche Geheimnisse konnte es überhaupt geben?

Hegte sie vielleicht den Plan, mich mit dem verlogenen Geist des toten Kindes zu konfrontieren und ihn zu zwingen, sich bei ihr, der Frau in Schwarz, die ihn aus dem Grab gelockt hatte, zu entschuldigen?

Inzwischen war es zehn Minuten vor sechs. Wie verblüffend schnell die Zeit verging! Ich hatte immer noch keinen einleuchtenden Grund für Mrs. Montagues Aufforderung gefunden. Doch dann kam mir der Gedanke, daß sie vielleicht Geld brauchte. Vielleicht war sie zu ängstlich, meine Mutter persönlich zu fragen? Das konnte ich durchaus verstehen. Wen außer mir konnte sie in diesem Fall auch fragen? Jetzt steckte sie also in den feuchten, fahlen Nebelschleiern des Wäldchens und rechnete mit der Freundlichkeit und Höflichkeit des jungen Edelmannes. Es konnte kein Zweifel bestehen, sie hatte die Absicht, mich zu bitten, bei meiner Mutter Fürsprache für sie einzulegen. Dieser Gedanke gefiel mir, und mein Entschluß stand fest.

Fünf Minuten vor sechs verließ ich das Haus in der Überzeugung, des Rätsels Lösung gefunden zu haben. Dieser Überzeugung war ich auch noch, als ich über die Terrasse ging und die ersten dreißig Schritte die Auffahrt hinunter zurücklegte. Aber dann, als ich das nasse Gras betrat und auf das dunkel daliegende Wäldchen zuging, begann diese Überzeugung schwächer zu werden. Plötzlich schien es mir äußerst unwahrscheinlich, daß Mrs. Montague sich in solcher Verlegenheit befinden sollte, daß nur ich ihr helfen konnte. Ein neuer Gedanke kitzelte meinen Geist wie eine launische Grille. Da sie sozusagen einen Handel mit Geistern hatte, hatte die wohlbeleibte Mrs. Montague vielleicht die Absicht, ihren Bestand durch mich zu vergrößern. Wollte sie mir einen bequemen Platz auf ihrem schrecklichen Sims beschaffen, indem sie mir einen Pflock ins Herz bohrte?

Die Luft war dick und schwer vom Salzgeruch der Nebel, die vom Meer kamen und das Wäldchen und seine Umgebung nie freigaben. Ich begann, mit klarer, kräftiger Stimme zu singen, denn es war jetzt die Zeit für Weihnachtslieder und freudige Stimmung.

Gott ist mit uns. Vergesset nun
den Kummer und das Leid.

Das Wäldchen war mit dichtem Unterholz zugewachsen, völlig verwildert, dunkel, unheimlich und erfüllt von Geraschel und Geflüster und plötzlicher Stille.

Denn unser Heiland ward geboren
im Stall zur Weihnachtszeit.

Meine Stimme zeigte auf einmal eine sonderbare, geheimnisvolle Fähigkeit. Ich hatte den Eindruck, daß sie, so laut ich auch singen mochte, jenseits des Wäldchens nicht mehr gehört werden konnte.

Von Satans Joch sind wir erlöst,
drum jauchzt die ganze Christenheit.

Die dünnen Weißbirken, in deren Kronen fahle Nebelklumpen hingen, schienen sich zu bewegen, wenn ich vorbeiging, teilnahmslos, als ob sie geschäftige, bleiche Skelette wären, Bewohner einer toten Stadt, die ihrer Grabestätigkeit nachgingen, zu zweit oder zu dritt, Straßen überquerten und lautlos an Ecken schwätzten.

Auf Trost und Freude rechnet nun!

Sie war nicht gekommen. Es war bereits nach sechs Uhr, und von ihr war nichts zu sehen. Ich hatte eine Lichtung erreicht, die im matten Silberglanz des Mondes lag. Ein idealer Treffpunkt. Aber Mrs. Montague war nicht zu sehen.

Trost und Freude! Trost und Freude!

Am Rande der Lichtung schimmerten weiß die Birkenstämme und umrahmten das Dunkle dazwischen, bis das Auge, verwirrt durch das schwache Licht und die tiefe Dunkelheit alles verkehrt sah: Das Schwarze zwischen den Bäumen erschien wie Körper und das Helle wie Licht. Ich glaubte auf einmal, zwischen fünfzig oder mehr gewaltigen Särgen zu stehen, die von einem bleichen Schimmer umflossen waren.

Trost und ...

Etwas bewegte sich! In einem der Särge! Eine Gestalt, dunkel und groß. Sie bewegte sich mühsam. Es war nicht Mrs. Montague, sondern ein Mann. Er erhob sich langsam und starr aus seinem Sarg. Ich erkannte eine dunkle Regimentsuniform, zerrissen, wie bei einem schlechtbezahlten Offizier aus der Armee des Todes. Noch bevor ich sein Gesicht sah, wußte ich, wer das war: der Hauptmann.

Ein unheimliches Paar

Ich hielt meine letzte Stunde nicht nur für gekommen, sondern schon fast für abgelaufen. Mrs. Montague mußte die teuflischste Seele diesseits der Hölle sein, und den Anspruch darauf hatte sie auch auf der anderen Seite, denn sie war es, die den Teufel in der Person meines Onkels verpflichtet hatte.

Dieser Teufel ließ sich nun auf einem Baumstamm nieder und starrte mich mit dunklen, tiefen, runden Augen an, die Pistolenmündungen glichen. Ich konnte erkennen, daß einer seiner Strümpfe zerrissen war. Sein Knöchel war blutig, wahrscheinlich von der heftigen Drehung, mit der er sich aus den Fußschellen befreit hatte. Die Wunde mußte einige Tage alt sein, denn das Blut war schon verkrustet und ein seltsamer Geruch breitete sich aus. Er blinzelte mich an und entzog den Fuß meinem forschenden Blick.

»Nicht sehr vornehm für einen Offizier, was?«
Ich schüttelte den Kopf und fragte mich, ob seine Pistole geladen war.
»Wie geht es meinem Bruder?« fragte er plötzlich, und dabei stand dasselbe merkwürdige Lächeln in seinem Gesicht, das der Maler auf dem Bild festgehalten hatte.
»Mein Vater erholt sich allmählich.«
»Dein Vater? Ach ja, ich bin dein Onkel, nicht wahr? Hm. Onkel Richard? Onkel Dick? Nein. Sag einfach Onkel Dexter zu mir, bis wir uns besser kennen.«
Er blickte lächelnd auf seine Pistole, die er während des Sprechens quer über seine Knie gelegt hatte. Sein Gesichtsausdruck verriet sowohl die Erwägung einer verbrecherischen Tat als auch seine Unfähigkeit dazu. Ich begriff, daß ich mich würde retten können, wenn ich den Rand der Lichtung erreichte, ehe er auf mich schoß, denn mit seiner Wunde konnte er mir nicht folgen.
»Neffe George«, sagte er grinsend, wobei er immer noch seine Pistole anblickte, »hast du vielleicht, hm, hast du vielleicht zwanzig Guineen bei dir? Ja, Soldaten sind immer auf Schmalkost gesetzt. Das ist der Nachteil des Militärdienstes. Bezahlt wird mit Ehre. Kannst du dir vorstellen, daß unser Oberst, ein Geizhals bis dorthinaus, ›Reich‹ heißt?
Oder zehn Guineen, Neffe, wenn zwanzig dich restlos umwerfen.
Schulden, weißt du. Der Wirt des Gasthauses zum Hund – erpresserisch. Die alte Mutter Montague – ein wahrer Blutsauger. Laß die Familie nicht im Stich, Junge. Ah, an deinem Gesicht sehe ich, daß zehn Guineen für dich soviel wären, als ob du eine ganze Musketensalve in der Tasche hättest. Und fünf? Oder nur eine? Ha-ha. Ich bin offen zu dir, Neffe. Fünf Schillinge wären mir jetzt so willkommen wie ein Mastschwein während einer Belagerung. Bis zum Monatsende, natürlich.«
Ich glaubte zu träumen oder vielmehr, daß ich bis jetzt geträumt hatte. Aber dieser grinsende, finster blickende Edelmann in seiner zerlumpten Regimentsuniform – der

rote Mantel war fast schwarz vor Schmutz und Schweiß – war Wirklichkeit. Der ungeheuerliche Hauptmann Dexter. Nervös lächelnd blickte er mich an.
»Nun, Neffe?«
Dreizehn Jahre hatten an diesem Gesicht kaum etwas geändert. Nur seine Augen waren etwas eingesunken, und die Haut darunter war faltig wie ein ungemachtes Bett.
»Sieh mal«, sagte er, »jeden Heller, den ich noch hatte, habe ich deiner Tante Dexter und deinen Vettern gegeben, denn ihre Not war groß.«
Hilflos durchsuchte ich meine Taschen und kramte nicht nur fünf, sondern sogar sieben Schillinge hervor.
»Du bist ein Gentleman, Neffe, ein wirklicher Gentleman. Ha-ha! Du hast mir das Leben gerettet!« Er nahm die sieben Schillinge und steckte sie in sein Wams, klopfte liebevoll darauf und meinte: »Reserven für den Rückzug. Feldwebel Schilling und sechs Rekruten.«
Er grinste und kratzte sich mit dem Pistolenlauf den Knöchel, wobei er erklärte, juckende Wunden seien auf dem Weg der Heilung. Er schien sich sehr bald behaglich zu fühlen, ein Zustand, auf den er zu dieser Zeit ein absolutes Vorrecht hatte, da der feuchte, dunkle und unheimliche Ort gerade für einen Zufriedenen ausreichte.
Zu behaupten, ich hätte an nichts anderes als an Flucht gedacht, hieße, mir unrecht zu tun. Ich dachte auch noch an andere Dinge, aber sie erschienen im Augenblick nebensächlich. So entschuldigte ich mich dafür, daß ich nicht mehr Geld bei mir hatte. Ich bot ihm an, sofort zurückzugehen, um mehr zu holen.
Er starrte mich etwas erstaunt an, und zum erstenmal war auf seinem Gesicht kein Lächeln zu sehen. Es sah in der dichten, schweren Dunkelheit wie eine marmorierte Mondblume aus: ungleichmäßig, fleckig und ungesund. Ich hatte den Verdacht, daß er überlegte, ob er auf mich schießen sollte, und so nahm ich mir fest vor, mich zur Seite zu werfen, sobald sich sein Finger am Abzug krümmte.
»Ich bin kein Bettler, Junge.«
Also hatte ich ihn beleidigt. Das war wohl die neueste

Manier bei Schurken! Dieser Dexter war nicht rückständig. Keine veralteten, bissigen Bemerkungen, kein altmodischer, schwelender Haß. Er war ein feinfühliger Bösewicht, der sogar einen in gewisser Weise liebenswürdigen Eindruck machte, außer wenn er beleidigt war wie jetzt.
»Glaubst du«, fuhr er fort, wobei seine Stimme mit wachsender Erregung immer höher wurde, »ich sei aus dem verdammten Gefängnis ausgerissen und sechs schreckliche Tage lang durch stinkende Gräben und über verwilderte Wege gekrochen und gehinkt – immer in Todesangst vor allem, was sich bewegte –, um sieben Schillinge von einem Jungen zu erbetteln?«
Es schien mir nicht besonders klug, ihn daran zu erinnern, daß er zuerst um zwanzig Guineen gebeten hatte.
»Glaubst du, ich wäre so nichtswürdig und gemein, daß ich meine Frau und meine Kinder in ihrer Verzweiflung allein ließe? Glaubst du denn, ich käme in das Haus meiner Kindheit zurück, erbärmlicher als ein verprügelter Landstreicher . . .«
Zehnmal erbärmlicher, wie mir schien, denn er hatte im Dreck gelebt und war nicht bloß hineingefallen.
». . .käme bei Nacht und Nebel nach Haus zurück und kröche, gequält von Rheuma und mit einem brennenden Fuß, an diesen finsteren Ort, nur um von meinem mächtigen Neffen ein Almosen zu erbitten?«
Es schien, als ob seine Stimme, die schrill und schneidend geworden war, einen Nebelballen zerschnitten hätte, der locker in den hohen, unsichtbaren Zweigen gehangen hatte. Ein Nebelfetzen schwebte jetzt ganz langsam in feierlichen Schleifen herab – wie das Seil eines Henkers, das über dem Genick meines Onkels baumelte.
Sein Zorn schien sich entladen zu haben. Er grinste, bat um Verzeihung und sagte, daß große Entbehrungen sogar einen Offizier und Edelmann aus dem Gleichgewicht bringen könnten. Normalerweise sei er nicht so aufgebracht, sondern habe eher ein ausgeglichenes Wesen. Meine Tante könne das bestätigen. Er stieß mit dem Pistolenlauf gegen seine Perücke, die wohl durch seine Abenteuer völlig in

Unordnung geraten war, und schob sie zurück, so daß sein rotes Haar wie eine Wunde über der bleichen, feuchten Stirn erschien.
Warum war er dann überhaupt gekommen und spukte mit seinem seltsamen Lächeln und mit gezogener Pistole in dem dunklen Wäldchen herum? Es war übrigens eine stattliche Pistole, die Waffe eines Mannes von Stand, mit Silber und mit undeutlichen Gravierungen verziert. Wahrscheinlich hätte ich ihn danach gefragt, wenn nicht etwas dazwischengekommen wäre: Ein Krachen in den Zweigen und dann ein Rascheln.
»Was war das?«
»Eine Katze, eine Eule oder vielleicht ein Fuchs, Onkel Dexter.«
»Zu laut dafür.«
»Die Nacht täuscht, und kein Lüftchen regt sich.«
»Oder bist du es, der mich täuscht?« Er hatte sich geduckt, und sein Blick schweifte unruhig umher.
»Ich Sie getäuscht?«
»Ja. Du hast eine Nachricht hinterlassen. Du hast mich betrogen.«
»Aber ich wußte doch gar nicht, daß Sie hier waren.«
Er ließ mein Handgelenk, das er ergriffen hatte, wieder los, und ich glättete die schmale, schmucklose Spitze, die nach Lady Dexters Ansicht für mein Alter und für das Landleben vornehm genug war.
Außer dem Geräusch, das unser Atem verursachte, war nichts im Wald zu hören. Der Nebelfetzen hatte jetzt die eingefallene Brust meines Onkels erreicht. Bei jedem Ein- und Ausatmen ertönte ein sonderbares Röcheln. Die großen schlanken Bäume standen am Rand der Lichtung, als ob sie die Grenze der natürlichen Welt anzeigten, während sich jenseits das ungeheure Schweigen des Grabes ausbreitete.
Wieder hörten wir ein Krachen im Gebüsch. Diesmal schien das Geräusch ganz aus der Nähe zu kommen.
»Dann ist man dir gefolgt!«
»Aber nein, Onkel. Ich kam ganz unbemerkt hierher . . .«
Er packte mich am Ärmel und zog mich zu sich herunter.

Dann fiel ihm seine Pistole ein. Sofort richtete er sie auf meinen Kopf und sagte, er würde abdrücken, wenn ich auch nur ein einziges Wort sagte.
Das Gras war kalt und naß und hatte einen sonderbaren süßen Geruch, wie abgestandenes Bier. Oder war es der Atem meines Onkels, der mir wie eine Faust ins Gesicht schlug? Das Knacken und Rascheln wurde lauter. Ein weicher Fußtritt war zu hören. Wer konnte das sein? Joseph? Oder die Polizei, die auf die Spur meines Onkels gestoßen war?
»Du gemeiner, verräterischer Dexter!« zischte mein Onkel. »Das sind die verdammten Konstabler. Aber jetzt ist es aus mit dir, du wirst nicht mehr dazu kommen, mich auszulachen und alles zu erben.«
Ich glaube, ich verdanke mein Leben nur seiner Ungeschicklichkeit, denn dieser merkwürdige, verwirrte, teuflische Onkel hatte den Pistolenhahn immer noch nicht gespannt, so daß seine Finger vergeblich versuchten, den Abzug zu betätigen. Doch dann legte sich seine Erregung plötzlich, während meine zu wachsen begann, als nun eine dritte Person die Lichtung betrat und rief: »Mr. Richard! Mr. George! Ich flehe zu Gott, daß Sie sich nicht gegenseitig umgebracht haben! Sie sind doch noch nicht im Reich der Geister?«
Es war die bleichgesichtige Mrs. Montague, ganz zerzaust, zerrupft und geschwächt von den herabhängenden Baumzweigen und hohen Büschen, an denen sie sich hatte vorbeiarbeiten müssen – Mrs. Montague, die vor lauter Kälte und Angst vor den möglichen Folgen ihres Vermittlerdienstes zitterte wie dicker Pudding.
»Gnädige Frau!« schrie mein Onkel und sprang aus seinem Versteck hoch, und ich sehe heute noch sein Gesicht, das im Mondlicht so knochig erschien, als ob alles Fleisch von ihm abgestreift worden wäre. »Es ist nichts passiert. Dieser nette Junge und ich, wir sind nun gute Bekannte.«
»Gott sei Dank!« keuchte Mrs. Montague, wobei sich der Blick ihrer Knopfaugen zuerst auf die Pistole und dann auf mein versteinertes Gesicht heftete. »Ich hatte plötzlich

Angst, daß ... Sie überkam mich auf dem Weg nach Hause. Ich stellte mir vor, daß ... Oh, das ist der Fluch der Seherin!«

Jetzt war für mich der Augenblick gekommen, nach Hause zu gehen, denn ich glaubte nicht, daß mein Onkel im Beisein eines Zeugen, so parteiisch dieser auch sein mochte, auf mich schießen würde. Ich wäre auch gegangen, ja ich war gerade im Begriff zu gehen, als Mrs. Montague, kläglich die Risse und Löcher in ihrem schwarzen Kleid betrachtend, sagte: »Haben Sie ihn gefragt, Mr. Richard?«

»Nein, nein, gnädige Frau. Wir haben uns gerade erst getroffen und hielten Sie für das Gesetz.«

»Dann müssen Sie ihn jetzt fragen. Immerhin ist er Ihr Verwandter, und Fleisch und Blut, Mr. Richard, Sie wissen ...«

»Fleisch und Blut!« sagte mein Onkel kühl. »Wir alle wissen, was wir davon zu halten haben, gnädige Frau. Nichts als Bestechlichkeit und Entartung. Geben Sie mir Menschen aus Stein, die verändern sich wenigstens nicht.«

»Haben aber auch kein Mitgefühl«, warf ich ein.

„Neffe, du weißt nicht, was du sagst. Du verstehst nichts von der ganzen Sache, nichts. Du ...«

»Mr. Richard«, mahnte Mrs. Montague, die etwas hinter meinem Onkel stand, so daß sie wie ein dunkler Schatten, wie seine schwarze Seele erschien. »Fragen Sie erst einmal, dann können Sie immer noch mit ihm streiten.«

Was sollte er mich fragen, überlegte ich. Was hatten sie sich da ausgedacht? Was wollten sie von mir? »Ich will Versöhnung«, begann mein Onkel, »darum bin ich hier, Neffe. Nicht mehr und nicht weniger. Es ist meine einzige Chance auf dieser Welt und nicht nur meine allein. Als Soldat lernt man durchzuhalten, allein, alles zu ertragen, ausgenommen die Gesellschaft des schwarzen Mannes mit dem weißen Gesicht. Ich meine den Tod, Neffe.

Deine Tante, deine drei Vettern – es ist ihr Elend, das mich treibt. Und zu welchem Ausweg? Die Versöhnung mit deinem Vater zu suchen, durch dich, Neffe. Sei du mein Vermittler. Seine große Freude über deine Rückkehr wird es

dir leicht machen, ihn zu überreden. Sag ihm, Junge, sag ihm, wann und wie es dir beliebt, daß ich niemals die Absicht hatte, ihn zu treffen. Herrgott, er schien in die Bahn meines Schusses zu fallen. Ich schwöre bei Gott, es war ein unglücklicher Zufall! Er drehte sich und stolperte, rutschte seitwärts, und so traf meine Kugel ihn in den Bauch. Wäre er aufrecht stehen geblieben, wäre kein Blut geflossen, außer vielleicht meins. Um Himmels willen, sag es ihm!«
»Oh, Sie müssen es ihm erzählen, junger Herr«, murmelte Mrs. Montague, wobei sich ihre Hände ineinander verhakten und wieder lösten.
Mein Onkel lachte merkwürdig und hatte dabei einen seltsamen, finsteren Blick. Plötzlich kam mir der Gedanke, daß er vielleicht verrückt war. Angesichts des dunklen Waldes, des verschleierten Mondlichts und der düsteren, geistererweckenden Mrs. Montague, die wie ein schwarzer Giftpilz neben meinem Onkel stand, war das eine tröstliche Vorstellung. Meine Stimmung, die sich in den letzten Augenblicken merklich gehoben hatte, sank bei diesem Gedanken allerdings zusehends.
Ich sagte, ich wollte tun, was ich könne, wobei ich hoffte, daß meine Worte entgegenkommend und freundschaftlich klangen. Aber mein Onkel wurde ungeduldig.
»Morgen, Neffe, nicht wahr? Du wirst es gleich morgen vorbringen?«
»Gebt mir Zeit, Onkel Dexter. Mein Vater hat sich gerade erst ein wenig von seiner Verletzung erholt, ganz abgesehen von jener anderen Verletzung.«
»Was für eine andere Verletzung? Was willst du damit sagen, Junge?«
»Nun, die Entführung. Als Sie mich entführten . . .«
»Oh, mein Gott!« Er machte eine verzweifelte Bewegung, blickte nach dem Baumstumpf und sank darauf nieder, während sein Kopf so schwer in seine geöffneten Hände fiel, als ob er, wenn sie ihn nicht aufgehalten hätten, bis ins Gras gefallen wäre. In dieser Haltung, mit verhülltem Gesicht und gedämpfter Stimme, protestierte er gegen das, was ich gesagt hatte.

»Ich bin unschuldig, absolut unschuldig«, beteuerte er immer wieder. »Weder ich noch Mittelsmänner sind an dieser finsteren Geschichte, die sich vor dreizehn Jahren ereignete, beteiligt. Woher hätte ich denn Geld für Mittelsmänner nehmen sollen, wenn ich doch selber in größter Armut lebte? Weißt du überhaupt, wieviel Geld ein Soldat bekommt, falls er etwas bekommt?«
Er hob den Kopf, und auf seinem Gesicht lag ein Ausdruck betonter Ehrlichkeit. »Von Mrs. Montague habe ich Näheres über deine Vergangenheit gehört«, fuhr er fort. »Kannst du dir vorstellen, daß ich sechzig Guineen im Jahr hätte erübrigen können, wenn meine eigene Familie ständig Hunger, Not und Geldsorgen hatte?«
Er machte eine Pause und bemühte sich, seine Perücke zurechtzurücken, die fast ganz nach hinten gerutscht war und seine eigenen Haarbüschel kaum noch bedeckte.
»Ich weiß nicht mehr, wer mich zuerst mit dieser Sache in Zusammenhang gebracht hat, aber ich bin zu der Überzeugung gekommen, daß es der Auftraggeber gewesen sein muß, der verbrecherische Entführer selbst.
Als ich von deiner Rückkehr hörte, habe ich geglaubt, der geheimnisvolle Bösewicht sei gefaßt worden und ich sei von jedem Verdacht befreit. Ich war voller Hoffnung, aber ich habe mich wohl geirrt.«
Hier schlug er wieder die Hände vor das Gesicht, um zu zeigen, wie verzweifelt und bestürzt er war.
»Ich bin verloren, erledigt, vernichtet, Neffe. Denn wenn du mir nicht helfen kannst, wer soll es dann tun?«
»Gott«, warf Mrs. Montague ein, »Gott und seine Diener jenseits des Grabes.«
Nach diesen Worten breitete sich eine plötzliche Stille aus, und Mrs. Montague spitzte die Ohren. Ich hoffte, daß sie keine Anweisungen von dem toten Kind erwartete, von dem sie früher so getäuscht worden war, denn es war nicht schwer, sich eine piepsende Stimme vorzustellen, die zwischen den tropfenden Zweigen wimmerte: »Hauptmann Dexter war es nicht!», nur um wieder einen trockenen Platz in Mrs. Montagues Herz zu bekommen.

Von weither kam ein Glockenschlag. Beunruhigt sagte ich, daß man mich vermissen würde, wenn ich noch länger bliebe. Mein Onkel sah unentschlossen aus. Er blickte Mrs. Montague an, die nickte, als ob sie sagen wollte: »Es ist in Ordnung, Mr. Richard. Lassen Sie ihn nun gehen. Wir haben sein Herz erschüttert und sein Gehirn vergiftet. Er steht schon halb auf unserer Seite und wird zurückkommen. Alles wird so kommen, wie wir es wünschen, Mr. Richard. Lassen Sie ihn gehen.«

»Bis morgen, Neffe, bis morgen!« rief mein Onkel.

Ich ging, drehte mich aber doch noch einmal nach den beiden um. Ihre Gesichter waren nicht mehr klar erkennbar, aber wie ich sie da stehen sah, Seite an Seite, schien mir etwas in ihrer gleichartigen Haltung ein gemeinsames Lächeln anzuzeigen.

In dieser Nacht tauchte die Erscheinung dieses unheimlichen Paares wieder vor mir auf, und ihr gemeinsames Lächeln war verzerrt, so breit und schief wie das des Satans.

Wenn mein hinkender und bewaffneter Onkel nicht der Auftraggeber war, wer war es dann?

Ein schrecklicher Verdacht

15. Dezember. Es war ein trüber, nebeliger Tag. Ab und zu jedoch wurde der Nebelvorhang von der Sonne durchbrochen, die heute besonders schön und warm in das kleine Empfangszimmer schien, das neben der großen Halle lag. Um halb elf kam Mr. Treet zu einem kurzen Besuch. Wirklich, Mr. Thomas Treet: ein strahlendes, lachendes, stolzes Genie. Er hatte meinen Vater begrüßt, ihm seine Ehrerbietung erwiesen und ihm zu seiner Genesung gratuliert. Mein Vater war inzwischen fast ganz gesund.

»Und nun zu dir, George. Meine Hochachtung und meine Glückwünsche. Ganz wie ein Edelmann! Ja, tatsächlich, von Luxus und Sicherheit umgeben. Eine wahrhaft goldene Zukunft. Du könntest dir nichts Besseres wünschen.«

Er war offensichtlich sehr erfreut, mich zu sehen, so daß ich die im Augenblick nebensächlichen Dinge mit keinem Wort erwähnte. Ich erzählte ihm nichts von meinem mordgierigen Onkel, von meiner kalten, spöttischen Mutter und der allgemeinen Friedhofsatmosphäre, die der Luft einen Beigeschmack von ranziger Soße gab.

Mr. Treet schien selber Sorgen zu haben. Nicht, daß er das offen gezeigt hätte, im Gegenteil. Er schritt an der Wand entlang wie jemand, der prüft, welche Verschönerungen hier vorgenommen werden könnten. Er mußte jedem Außenstehenden als ein Sinnbild erfolgreicher Genialität erscheinen, die mit der ganzen Welt in bestem Einvernehmen lebt, und eine Bemerkung bezüglich seiner verbundenen Hand, des Pflasters auf seiner Stirn und des Schadens an seiner Perücke, die noch jetzt sehr versengt roch, hätte als Unverschämtheit erscheinen müssen.

Ich fragte ihn also nach den übrigen Treets.

»Alle sind wohlauf, George.«

»Sind sie in London, Mr. Treet?«

»London? Meinst du diesen Streichholzwald, diesen verrußten Ort voller beschränkter Esel?« Er sprach mit Bitterkeit, etwas ganz Ungewöhnliches bei einem solchen Menschen. »Nein, George, Sie sind in Shoreham und warten auf ein Schiff, um neue Welten zu erobern, mein Junge. Die Ferne lockt.«

Ich hoffte, daß das Schiff in besserer Verfassung sein würde als mein Herz, das bei seinen Worten jäh sank. Aber ich sagte ihm nichts davon und fragte nur, warum London in seiner Wertschätzung so gesunken sei. London war immer das höchste Ziel seines Ehrgeizes gewesen, und er hatte darin stets den erfreulichen Gegensatz zu der Beschränktheit und Dummheit in Orten wie Sandwich, Deal, Faversham und Rye gesehen.

Er schritt nicht länger im Zimmer auf und ab, sondern ließ sich auf dem Platz am Fenster nieder und legte seine Hände auf seine glänzenden Knie.

»Ein Triumph, George, wir feierten einen großen Triumph.« Sein edles Gesicht, das einen Augenblick lang finster ausgesehen hatte, begann sich wieder aufzuhellen, und seine Augen leuchteten stolz. »Im Duke's Theatre am Haymarket, der Mittelpunkt der Welt, George. Wir führten ›Saul und die Hexe von Endor‹ auf!«
»Mit Teufelsfeuer!«
»Mit Teufelsfeuer und Luzifer-Rauch. Wir zogen alle Register unseres Könnens. Du kannst dir die Begeisterung der vielen Menschen wohl vorstellen, George.«
Er lächelte und zwinkerte schnell mit den Augen, da sie bei der Erinnerung an jene Vorstellung feucht geworden waren.
»Der Luzifer-Rauch in Sandwich war nur ein Rauchfetzchen verglichen mit dem, was in London geschah. Es war einfach überwältigend.«
»Berlinsirup, Mr. Treet?«
»Gut ein halber Liter, George.«
»Ich wäre gern bei Ihnen gewesen.«
»Ja, wirklich, du hättest dabeisein müssen. Hotspur, Jane, Edward – wir alle. Ich sage dir, George, wenn ich kein Wissenschaftler wäre, ich würde schwören, daß die Geister der alten Philosophen in den Wogen der Wolken um uns waren und uns die Geheimnisse der unsichtbaren Welt zuflüsterten und zusangen. Und dann das Teufelsfeuer! Es war das größte, das wir je sahen. Es stellte alles in den Schatten.«
Er war wieder aufgesprungen und schritt am Fenster entlang, die Hände auf dem Rücken verschränkt.
»Und was dann, Mr. Treet?« fragte ich traurig, denn in seinem ganzen Verhalten lag eine Tragik, die ihm eine große, melancholische Würde verlieh.
»Wo es Dummheit gibt, George, wird der größte Triumph durch ein winziges Mißgeschick ausgelöscht. Aber das macht nichts. Ich bin nicht gekommen, um dich mit diesen Dingen zu belasten. Denk an uns in unseren glücklichen Zeiten. Denk an uns als an einen Teil der Geheimnisse der Natur. Denk an uns als an die großen Treets – und frage

nicht mehr. Und wenn du siebzig Pfund für unsere Überfahrt nach Amerika hast, so werden wir dir dankbar sein. Wenn du sie nicht hast, lieben wir dich dennoch, George.«

»Dann sind die tausend Pfund . . .«

»Weg«, sagte Mr. Treet nüchtern. Dann winkte er mit seiner großen Hand gleichmütig ab und bat mich, nicht mehr daran zu denken. »Denk lieber an das Teufelsfeuer, George, mit, mit . . .«

»Mit Zitronenkristallen, Mr. Treet?« Ich murmelte es vor mich hin, ohne jedoch im Ernst daran zu denken, daß er diese mächtige Substanz benutzt haben könnte. »Waren es etwa Zitronenkristalle?«

»Ja, natürlich.« Mr. Treet lachte breit. »Zitronenkristalle, George. Über hundert Gramm. Oh, diese Pracht! Der Anblick! Der Glanz war so feurig, daß selbst Könige gestaunt hätten.«

»Aber die Gefahr, Mr. Treet . . .«

»Alle großen und abenteuerlichen Dinge können gefährlich werden, George. Das ist die Würze der Schönheit und der Beigeschmack der Freude.«

»Und was geschah dann?«

»Das Theater brannte nieder«, sagte Mr. Treet einfach und setzte sich. »Der Vorhang ging in Flammen auf, als ob er mit Schnaps getränkt gewesen wäre. Dann prasselte und dröhnte der ganze Holzbau und brach krachend zusammen.«

Bei der Erinnerung daran blickte er finster drein und berührte vorsichtig das Pflaster an seiner Stirn. Glücklicherweise seien keine Menschenleben zu beklagen gewesen, und Verletzungen – er hob die verbundene Hand –, wie er sie erlitten habe, seien einzig und allein durch das Verschulden des Impresarios, des Theaterunternehmers, entstanden. Er, Mr. Treet, habe in die schreckliche Hölle zurückgehen müssen, um diesen wimmernden Impresario herauszuholen, der ihm zum Dank eine Rechnung über tausend Pfund für den entstandenen Schaden und die Miete entgegengehalten habe.

»Irrer!» hatte diese verächtliche Kreatur geschrien, und

dabei hatte der Mann sich auf der nassen Straße hin und her gewälzt, um die Glut in seinen schwelenden Kleidern zu ersticken.
»Er war Italiener, George, leicht erregbar, und schimpfte: ›Entfacht eine lodernde Flamme wie auf dem Berg Vesuvius, und das auf einer Holzbühne! Ich werde Sie dafür ins Castello bringen!‹ Er meinte natürlich den Tower, George. ›Sir‹, sagte ich und führte ihn fort von den Eimerketten, denn ganz London schien beim Löschen zu helfen, ›Sir‹, sagte ich, ›Sie haben meinen Schuldschein über tausend Pfund.‹ ›Sie sind ja verrückt‹, brüllte er weiter ›fünftausend sind nicht genug für den Schaden, den Sie angerichtet haben!‹ Es war völlig sinnlos, mit ihm zu reden. Er war ganz außer sich und kam als Partner natürlich nicht mehr in Frage. So machten wir uns unverzüglich auf den Weg, George. Ich und die Treets kletterten auf unseren Wagen und schüttelten den Londoner Staub – oder besser gesagt: Schlamm, denn die Löschhelfer waren sehr verschwenderisch mit Wasser – von unseren Kleidern und Füßen.«
Er seufzte und kräuselte durch Stirnrunzeln seinen Kopfverband, als ob es die feinste holländische Spitze wäre.
»Ein winziges Mißgeschick, und schon sind alle großartigen Vorstellungen vergessen. Dunkle, glühende Wogen, feurige Höhlen, riesige Kessel mit übernatürlichen Ausbrüchen – nichts, gar nichts gilt mehr. Aber für dich und uns, George, gilt es. Wir wissen, was Erinnerung wert ist. Deshalb sei nicht bedrückt, Junge. Vergiß, was ich gesagt habe, und wenn du uns besuchen willst, wir sind alle im Gasthaus ›Zum alten Schiff‹ in Shoreham. Mit oder ohne siebzig Pfund, George, du wirst uns immer willkommen sein. Gott segne dich!«
Nach dieser liebenswürdigen Bemerkung gingen wir auseinander. Mr. Treet bestieg sein Pferd, auf dem ich ihn winkend die holprige Auffahrt hinunterreiten sah, bis er hinter dem Waldsaum verschwand. Ich zog mich zurück, um darüber nachzudenken, wie ich am besten an die siebzig Pfund käme, von denen es abhing, ob meine guten Freunde jenseits des Meeres zu Ruhm und Ehren kommen würden.

Mr. Treets Besuch glich dem Durchbruch der Sonne an einem grauen Tag, und sie schien noch, als er schon längst gegangen war, denn er hatte nichts Düsteres, Unheimliches oder Finsteres an sich. Alles an ihm war von einer angenehmen Klarheit. Die Geister, die er heraufbeschwor, hatten auch nie das Pech, tot zu sein, und daß ihm siebzig Pfund fehlten, paßte besser zu ihm als ein Besitz von tausend.
Über die siebzig Pfund, die er erwähnt hatte, machte ich mir keine Sorgen, und auch in seinem Besuch als solchem sah ich nichts Besorgniserregendes. Beunruhigend war eigentlich nur das verabredete Zusammentreffen mit meinem heruntergekommenen Onkel.
Daß mein Vater über Mr. Treets Erscheinen verärgert sein sollte, hörte ich nur von Joseph, dessen gespitzte Verschwörerohren Dinge hörten, die nie gesagt worden waren. Jedenfalls hatte mein Vater mir gegenüber nichts dergleichen erwähnt. Meine Mutter war ungewöhnlich leutselig und hoffte, daß mein Besucher nicht verletzt gewesen sei, weil sie mit ihm keinen Sherry getrunken hätte. Ich sagte nein, und sie lächelte.
Das muß kurz nach fünf Uhr gewesen sein, denn ich überlegte, ob ich sie vielleicht um die siebzig Pfund bitten sollte, die Mr. Treet brauchte. Ich entschied mich dann aber, doch noch zu warten, weil das Treffen mit meinem Onkel schon bedrohlich näher rückte. Auch heute sollte ich wieder um sechs Uhr im Wäldchen sein.
Er erwartete mich natürlich schon und beklagte sich über die durchdringende Nässe. Ich bemerkte, daß er die Strümpfe gewechselt hatte, sonst aber nicht viel besser aussah als am letzten Abend. Ich gab ihm ein Stück Wildpastete und eine Flasche Weinbrand, die ich unter meinem Umhang versteckt hatte. Er war überrascht, nahm beides dann aber mit den Worten »Proviant für ein Regiment!« entgegen und fügte hinzu, er hoffe, daß das Regiment nicht verfolgt werde, denn er fürchtete, daß ich vielleicht mein Wort gebrochen und ihn betrogen haben könnte.
»Ich habe niemals mein Wort gegeben, Onkel Dexter.«

»Entschuldige, Neffe, aber ich dachte, wir hätten uns im Schutz der Unterhändlerflagge getroffen.«

Ich fragte ihn, wo er sich nachts aufhalten würde, aber er schüttelte nur den Kopf und grinste. »Ich will dich nicht in Versuchung bringen, Neffe, denn du könntest im Schlaf reden. Laß mich und mein Nachtlager das Geheimnis des Wäldchens sein, bis unsere Angelegenheit erledigt ist. Hoffentlich wird das bald sein, denn in diesem Nebel und in dieser Feuchtigkeit hole ich mir noch den Tod.«

Nach einer Weile gesellte sich noch Mrs. Montague, die eine Laterne trug, zu uns, und dann begann der merkwürdigste Kriegsrat, den ich mir vorstellen kann. Die Armee: ein sich unbehaglich fühlender Erbe, ein flüchtiger Hauptmann und eine dickliche Dame in Schwarz, möglicherweise mit einem Gefolge, das genauso groß war wie die Zahl der nicht christlich bestatteten Toten. Unser Feind war der Auftraggeber, denn mein Onkel beteuerte noch immer leidenschaftlich seine Unschuld.

Zuerst sprach mein Onkel von dem Fremden, dem Sechzig-Guineen-Mann. War dem Fremden vielleicht irgendwann einmal ein Name entschlüpft oder vielleicht die Silbe eines Namens?

Nein, so unvorsichtig war er nie gewesen. Er hatte seine Zunge immer gut im Zaum.

»Wie sah er aus, Neffe?«

»Trockengesichtig«, womit ich sagen wollte, daß seine Haut überall Furchen hatte wie die Erde, wenn es lange Zeit nicht geregnet hat. »Außerdem schien er Schnupftabak sehr zu schätzen, denn die Falten um seine Nase waren jedesmal ganz damit vollgestopft.« Seine Augen hatte ich wasserblau in Erinnerung, konnte es aber nicht beschwören, da ich ihn niemals bei Tageslicht gesehen hatte.

Mein Onkel sah verwirrt, ja bestürzt aus – dann schüttelte er den Kopf.

»Weiter zurück«, murmelte Mrs. Montague. »Wir müssen weiter zurückgehen.« Sie starrte in die zuckende Flamme der Laterne, die ständig wechselnde Schatten auf ihr Ge-

sicht warf und dadurch auch ständig ihren Gesichtsausdruck veränderte. Ich vermutete, daß sie sich bei ihren Freunden, den Toten, erkundigt hatte.
»Dann stoßen wir auf etwas Merkwürdiges«, sagte sie gedehnt. »Einen gewissen Mr. Treet.«
Mr. Treet? Was war an ihm Merkwürdiges, außer daß er ein liebenswürdiges Genie war? Er erschien mir in diesem Zusammenhang völlig fehl am Platz.
Mrs. Montague fuhr fort: »Dieser seltsame Mr. Treet erzählte, daß das Kind ihm während eines Gewitters im Juni gebracht worden sei.«
»So?« sagte mein Onkel. »Ich erinnere mich sehr gut an jenen Juni.«
»Dann werden Sie sich auch noch daran erinnern, Mr. Richard, daß an dem Tag, an dem das Kind aus dem Herrenhaus verschwand, gar kein Gewitter war. Es war heiß an jenem Tag, gräßlich heiß. Eine ganze Woche lang gab es kein einziges Gewitter. Daran werden Sie sich bestimmt noch erinnern und auch an die verzweifelten Nachforschungen, Tag und Nacht. Können Sie sich erinnern, daß diese Nachforschungen durch Unwetter erschwert worden wären? Nein. Und dennoch berichtete Mr. Treet von einem Sturm, den es gar nicht gab. Sonderbar ...«
Eisige Hände griffen nach meinem Herzen, als hörte ich zum ersten Male von diesen finsteren Vorkommnissen, die sich zu Beginn meines Lebens ereignet hatten.
»Das stimmt, gnädige Frau«, sagte mein Onkel und blickte gedankenverloren auf die unruhigen Schatten, die das Laternenlicht warf, »das stimmt. Ich erinnere mich sehr gut an jenen Abend. Ich entsinne mich, daß das Haus voller Gäste war, weil George Geburtstag hatte.« Er wandte sich mir zu. »Ein großartiges Ereignis, denn es erschien wie ein Wunder, daß du deinen Geburtstag überhaupt erlebtest. Du warst ein schwächliches Kind, Neffe, und keiner deiner Brüder hatte länger als sechs Tage gelebt.«
»Und dann«, fiel Mrs. Montague ein, »kam der Abend, und man entdeckte, daß Sie verschwunden waren. Entsetzlich! Lady Dexter war weiß wie ein Leichentuch und

Mrs. Smith, ihre betrunkene Kinderfrau, in Tränen aufgelöst. Keiner wußte, wer es Ihrem Vater sagen sollte, der gerade irgendwo einen Besuch machte. Als er heimkam und die blassen und bestürzten Gesichter sah, ahnte er schon fast das Unglück. Schrecklich, schrecklich.«
»Man glaubte sofort, es seien Zigeuner gewesen«, erinnerte sich mein Onkel.
»Bis man merkte, daß sich gar keine Zigeuner in der Gegend aufhielten«, ergänzte Mrs. Montague, »außer dem Schauspieler, Mr. Treet. Ein merkwürdiger Mensch.«
So ging es eine Weile weiter. Mein Onkel und Mrs. Montague, die sich beim Erzählen ablösten, riefen sich jene aufregende Zeit ins Gedächtnis zurück, als ob sie hofften, irgendwo die verborgene Wahrheit zu finden.
»Aber für wen konnte die Entführung des Kindes von Nutzen sein?« fragte Mrs. Montague plötzlich. »Außer für Sie, Mr. Richard?«
»Ich schwöre, ich bin unschuldig!« schrie mein Onkel und starrte Mrs. Montague an, als ob sie über ihn hergefallen wäre.
»Das Fideikommiß! Das ist der entscheidende Punkt. Niemand außer Ihnen, ihrer teuren Frau und Ihren Kindern konnte ein Interesse an der Entführung haben.«
»Sie auch? Sie glauben es auch?« rief der Hauptmann mit tragischer Geste. »Behält denn keiner von uns einen klaren Kopf? Das verdammte Fideikommiß!«
»Es sei zehnmal verdammt!« stimmte Mrs. Montague zu. »Ist es nicht so, Mr. George, wenn es eine unschuldige Familie so quält?«
Ich nickte hilflos. Sie hatten sich – er links, sie rechts von mir – niedergekauert, und zwar so nah, daß, wenn ich mich von dem einen abwandte, ich mich zwangsläufig dem anderen zuwandte. Es gab kein Entrinnen.
»Lassen wir also das Fideikommiß einmal außer acht«, flüsterte Mrs. Montague, als ob das Fideikommiß ein hoher furchtbarer Berg wäre, der nur durch Flüstern bewältigt werden konnte. »Wer hätte denn noch von der Entführung des Kindes profitieren können?«

Bei diesen Worten begann mein Herz schneller zu schlagen, und die Kälte der Nacht schien unerträglich zu werden.
»Niemand«, sagte mein Onkel düster.
»Auch nicht, auch nicht Mr. Treet? Die tausend Pfund und das Geld, das er dreizehn Jahre lang bekommen hat, während er sein Pflegekind festhielt? Ist das kein Gewinn, Mr. Richard? Denken Sie an den Sturm, bei dem er sich so irrte, und daran, daß Mr. Treet damals zufällig da war. Eine äußerst interessante Person. Wenn er und die Kinderfrau, Mrs. Smith, ein Abkommen getroffen hätten, würde die ganze Angelegenheit dann nicht schon verständlicher?«
Mein Onkel nickte zustimmend. Dieses unheilige Paar schien sich einig zu sein, und ich suchte verzweifelt nach einem Widerspruch in ihrer Geschichte, um ihnen den Mund zu stopfen.
»Denken Sie an den Fremden und seine sechzig Guineen im Jahr. Woher hatte Mrs. Smith soviel Geld? Und warum schickte sie es Mr. Treet?«
»Haben Sie die sechzig Guineen gezählt? Oder hat man Ihnen nur davon erzählt? Man hat es Ihnen erzählt, nicht wahr, Mr. George? Ich nehme an, das geschah nur, um Sie hinters Licht zu führen. Der Fremde war vielleicht Mr. Smith, der sehen wollte, wie es Ihnen ging. Vielleicht brachte er ein paar Schillinge für Ihren Unterhalt, sozusagen als Geste einer, einer falschen Treue.«
»Nein, nein, das glaube ich nicht. Es muß jemand anders dahinterstecken.«
»Wer, Mr. George? Sagen Sie es mir, und ich werde Ihnen glauben.«
Mein Onkel wiederholte: »Wer, Neffe? Sag uns, und wir werden dir glauben.« Er fuhr fort, im gleichen Takt mit Mrs. Montague zu nicken, bis ich das Gefühl hatte, daß nur noch der Stillstand ihrer schwarzen Herzen dem Nicken ein Ende machen könnte.
»Vielleicht weiß Mr. Craddock etwas über Mr. Treet«, sagte mein Onkel.
»Mr. Craddock?»
»Der Rechtsanwalt meines Bruders. Verschwiegen wie eine

Eule, aber Craddock weiß alles. Vielleicht solltest du ihm schreiben, Neffe. Craddock, Lincoln's Inn Fields, ist die Adresse. Ja, wirklich, Craddock weiß alles.«

»Nur von den übernatürlichen Dingen, da weiß er nichts«, sagte Mrs. Montague mit widerlichem Lächeln.

Mein Onkel zuckte mit den Achseln. Mrs. Montague, noch immer lächelnd, versetzte mir, ohne daß sie es ahnen konnte, den tiefsten Stoß, den sie mir zufügen konnte.

»Mr. George, junger Herr, lieben und achten Sie Mr. Treet ruhig, wenn Sie wollen. Vielleicht erweist er sich noch als unschuldig. Aber wenn er schuldig ist und sich um Ihre Zuneigung nur des Geldes wegen bemüht hat, dann wird er sie bald aufsuchen und mehr Geld von Ihnen verlangen. Hüten Sie sich, Mr. George, denn das wird der Anfang vom Ende sein!«

»Fleisch und Blut«

Gegen Mr. Treet waren also schwere Anschuldigungen erhoben worden. Von wem? Von einem fetten alten Weib mit Knopfaugen, das dreizehn Jahre lang Anweisungen von einem toten kleinen Edelmann erhalten hatte. Von wem noch? Von einem heruntergekommenen Schurken, der beinahe seinen Bruder ermordet hatte, dafür ins Gefängnis gekommen war und sich nun auf der Flucht bewaffnet in einem Birkenwäldchen versteckt hielt. Ein sehr glaubwürdiges Paar!

Warum war ich aber dann die halbe Nacht wach, schweißgebadet und zutiefst beunruhigt? Eine einzige Frage nagte wie eine Maus an meinem Verstand. Es war nur eine winzige Frage, ein Nichts verglichen mit dem riesigen Gebilde, das sie zu zerstören trachtete: meinen Glauben an Mr. Treet. Aber eine Maus kann einen ganzen Berg auffressen, wenn er aus Käse ist.

Mr. Treet hatte mir erzählt, daß er eine Vermutung dar-

über hätte, von wo ich in jener Nacht entführt worden war. Warum hatte er mich dann nicht schon vor dreizehn Jahren zurückgebracht? Warum? Warum?
Nein, man konnte ihn unmöglich verdächtigen, der Auftraggeber zu sein. Diese Tat war zu gemein, zu schändlich – nicht, weil ein Kind um seine Erbschaft gebracht werden sollte, sondern wegen der Tragödie, die diese Tat für die Familie jenes Kindes bedeutete. Schändlich, weil durch sie die Lebensfreude meines Vaters zerstört worden war und weil sie aus meiner Mutter eine Frau mit einem kalten Herzen gemacht hatte.
Aber warum hatte Mr. Treet dreizehn Jahre lang gewartet? Gab es einen Grund, irgendeinen einleuchtenden Grund? Wollte er mich dadurch fester an sich ketten, um mich jetzt, da ich reich war, besser schröpfen zu können? Und dann das Märchen vom Unwetter in jener Nacht! Die Maus nagte, der Berg zitterte. Ich hatte nur einen Wunsch: Möge Gott nicht zulassen, daß der Berg aus Käse ist!
Ich beschloß also, an Mr. Craddock zu schreiben. Es ging mir dabei nicht um meinen Onkel, nicht einmal um Mr. Treet, sondern allein um meinen Vater – und um mich. Ich hatte vor, den Brief dem Wirt des Gasthauses »Zum Schäfer und seinem Hund« zu geben, der ihn überbringen sollte und auf mein Bitten hin hoffentlich den Mund halten würde.
Ich hatte den Brief bald geschrieben und wollte ihn noch vor dem Mittagessen wegbringen. Als ich gerade im Begriff war, das Haus zu verlassen, wollte es der Zufall, daß wir Besuch bekamen – ungewöhnlichen Besuch, Besuch, mit dem niemand gerechnet hatte. Wie üblich, erfuhr ich die Nachricht von Joseph. Er war etwas außer Atem. Sein katzenfreundliches Gesicht war vor lauter Aufregung gerötet, und ich wußte sofort, daß er wichtige Neuigkeiten brachte. Er klopfte und kam auch gleich herein. Meinen Brief sah er wohl auf dem Schreibtisch liegen, er war aber viel zu sehr von dem erfüllt, was er mir mitzuteilen hatte, als daß er ihn richtig hätte wahrnehmen können.
»Mr. George, sie sind da.«

»Wer?« fragte ich etwas erstaunt.
»Ihre Tante, Mr. George, und ihre drei Söhne, John, Edmund und Bertram.«
Sie waren in einer Kutsche vorgefahren, die, wenn sie je bessere Zeiten gesehen hatte, diese Zeiten seit langem hinter sich haben mußte. Mit ihren Kleidern war es dasselbe.
»Es hätte mich keineswegs überrascht, Mr. George, wenn ich erfahren hätte, daß Ihre Tante, leider Ihre Tante, trotz ihrer vornehmen Art Wanzen beherbergen würde. An allen vieren haftet der Geruch des Gefängnisses.«
Sie hatten anscheinend erwartet, den Hauptmann anzutreffen, und waren wirklich in der übermütigen Hoffnung gekommen, daß der Familienstreit beigelegt sei, weil Sir John und Lady Dexter ihren Sohn doch wiedergefunden hatten.
Meine Mutter, die bestürzt, nervös und ärgerlich war, hatte sie gebeten, Sir John gegenüber nichts von der Flucht des Hauptmanns zu erwähnen, denn sein Herz sei noch immer in großer Gefahr. Woraufhin Mrs. Dexter so weiß geworden war, wie es bei ihrer Gesichtsfarbe überhaupt möglich schien, denn sie zeigte ein blühendes Aussehen, das im Augenblick nur dadurch beeinträchtigt wurde, daß sie von der Reise ziemlich verschmutzt war.
Verstand sie denn gar nicht, daß die Dinge nicht besser standen als sonst, ja daß sogar alles schlimmer war? Ihre teuren Jungen! Statt dem Rachen des Löwen entronnen zu sein, waren sie nun gar in seinen knurrenden Magen geraten.
»Mit einem Wort, Mr. George, sie haben auf unser Mitleid gebaut, und damit sind sie auf Dornen gefallen.«
Das alles wurde mir in einem schnellen Gemurmel mitgeteilt, denn Joseph sprach immer mit leiser Stimme, als ob er Angst hätte, man schösse nach ihr, sobald er sie erheben würde. Außerdem trat er ständig unruhig von einem Fuß auf den anderen, denn Sir John war von der Ankunft unserer Verwandten unterrichtet worden, und Joseph war natürlich darauf bedacht, kein Wort zu versäumen, das beim Empfang der aus dem Gefängnis angereisten Dexter

gesprochen wurde. Er drängte mich zur Eile und entfernte sich schließlich mit diskreter Hast, da er wohl nicht länger warten konnte.

Sie standen immer noch in der großen Halle – meine Tante und ihre Kinder, nicht wie eine Gruppe, sondern wie ein Haufen. Zwei meiner Vettern waren groß, dünn und schwarzhaarig, der dritte war etwas kleiner und rundlich. Er sah als einziger heiter aus. Ich wurde das Gefühl nicht los, daß seine Heiterkeit nur auf dem Unbehagen und der Niederlage seiner Mutter und seiner Brüder beruhte.

»Ich bitte Sie, uns jetzt zu verlassen«, sagte meine Mutter drängend. »Gehen Sie ins Dorf oder meinetwegen nach Shoreham. Ich werde Geld schicken. Ich werde Ihnen helfen. Aber ich bitte Sie, gnädige Frau, gehen Sie jetzt, bevor er sie sieht!«

»Sir John? Er ist mein Schwager, Mylady. Ich, das heißt, wir haben extra diese beschwerliche Reise gemacht. Ich würde ihn gern sehen. Fleisch und Blut, gnädige Frau, Fleisch und Blut.« Meine Tante, eine großbusige Dame von verblichener Schönheit, sprach ebenfalls mit drängender Stimme, die aber unangenehm laut war.

»Nützen würde es Ihnen gar nichts«, entgegnete meine Mutter. »Es würde nur zur Verschlimmerung der Lage und zu neuen Sorgen führen.«

»Fleisch und Blut, gnädige Frau, Fleisch und Blut«, wiederholte meine Tante und zupfte an ihrem grüngefleckten Kleid, während sich ihr jüngster Sohn amüsierte, als ob die Bemerkung seiner Mutter zu abgedroschen wäre, um mehr als ein gleichgültiges Lächeln zu verdienen.

Ich hielt den Augenblick für günstig, mich bemerkbar zu machen, denn dadurch, daß sie völlig mit sich beschäftigt waren, hatten sie mich noch gar nicht neben sich stehen sehen. Meine Tante versuchte nämlich, sich im ganzen Haus Gehör zu verschaffen, und meine Mutter war bemüht, das unter allen Umständen zu verhindern.

Aber mein Vater kam mir zuvor. Er verbreitete einen schwachen Geruch von Salbe, mit der Dr. Newby immer seinen Verband würzte. Ich hatte ihn nicht herankommen hören, da ich von dem Familientreffen ganz gefesselt war. Ich glaube, er hatte von dem lauten Gerede meiner Tante nur ihre letzten Worte »Fleisch und Blut« gehört, denn er sah gleichmütig, ja beinahe freundlich aus.

Meine Vettern wurden vor lauter Hochachtung ganz steif, und meine Tante hielt mitten im Satz inne. Als sie die freundlichen Blicke meines Vaters sah, begann sie zu lächeln und warf meiner Mutter einen aufreizenden Blick zu. Mein Vater blieb stehen, lehnte sich schwer auf seinen Stock und sagte zu meiner Mutter: »Mylady, wir müssen gastfreundlich sein. Nehmen Sie diese unglücklichen Leute auf, und sorgen Sie dafür, daß sie sich ausruhen können und zu essen bekommen. Zweifellos sind sie weit gereist und müssen noch weiterfahren.«

Sonst sagte er nichts, nicht ein einziges Wort zu meiner Tante und meinen Vettern, und er sah sie kaum an. Er wandte sich ab und ging zurück in sein Zimmer, wobei er Josephs Anerbieten, ihm zu helfen – denn dieser war voll übertriebener Besorgtheit und voller Eifer neben ihm aufgetaucht –, mit einem Kopfschütteln zurückwies.

Meine Mutter sah etwas überrascht aus, aber meine Tante war merkwürdigerweise mit ihrem Empfang sehr zufrieden und schien gar nicht bemerkt zu haben, daß – obwohl mein Vater sie tatsächlich als »Fleisch und Blut« begrüßt hatte – die Art, in der das geschah, eher für ein Pferd angemessen gewesen wäre als für eine Schwägerin mit ihren Kindern. Sie plusterte sich auf und bemerkte: »Mein Schwager sieht gut aus, nicht wahr, gnädige Frau? Sie sehen, es hat niemandem geschadet, daß wir auf ihn gewartet haben. Er scheint sich über unseren Besuch zu freuen. Fleisch und Blut erkennen sich, Mylady.«

Aber meine Vettern sahen weniger zufrieden aus. Die beiden älteren schienen die schroffe Abweisung zu spüren, und sogar das Grinsen des jüngsten war grimmig geworden. Meine Mutter führte sie beiseite, und sie legten ihre Mäntel und Umhänge ab – wie ein schäbiger Herbst.

Ich hielt die Zeit für gekommen, mich vorstellen zu lassen. Aber wieder wurde ich daran gehindert. Diesmal war es

Joseph, der sich an meine Seite schlich und murmelte: »Gehen Sie in die Bibliothek, Mr. George. Sir John wünscht, daß sie sofort zu ihm kommen.«
Er stand am Fenster und blickte hinaus. Ich fragte mich, ob er irgend etwas in dem Wäldchen gesehen hatte, hielt es aber doch für unwahrscheinlich, da es an jenem Morgen sehr nebelig war. Er drehte sich nicht sofort zu mir um, so daß ich Zeit hatte, eine Veränderung in der Bibliothek wahrzunehmen. Es war nur eine winzige Veränderung, insofern, daß dort, wo vorher etwas gefehlt hatte, nun etwas war. In dem leeren Rahmen, der einst das Porträt meines Onkels enthalten hatte, hing nun ein Dexter aus dem letzten Jahrhundert: ein Edelmann mit steinernem Gesicht, dessen erkennbar rotes Haar unter einer Allongeperücke versteckt war. Ein Urgroßvater? Verschwommen tauchte die Frage in mir auf, ob ich später irgendwann einmal auch da oben hängen würde, in einer finsteren Stimmung verewigt und dann von einem anderen jungen Dexter angestarrt würde, der sich darüber wunderte, warum seine Verwandten so selten lächelten. Und ein anderer Joseph würde flüstern: »Ihr Großonkel. Grimmig, nicht wahr?«
Dann sprach mein Vater, obwohl er mich immer noch nicht ansah: »Die, die unglücklichen Leute, die zu uns gekommen sind – ich möchte, daß du liebenswürdig zu ihnen bist, Junge. Deinen, hm, den Söhnen von Hauptmann Dexter sollen keine Vorwürfe gemacht werden. Ich möchte, daß du sie mit Achtung behandelst und mit ihnen nicht wie mit Dienern oder Bettlern sprichst.«
Obwohl sie Bettler sind und sein müssen, protestierte ich innerlich.
»Ihre Mutter ist eine närrische, dumme Person. Vielleicht ist ihr mehr vorzuwerfen, als wir ahnen, aber dennoch ist auch sie unglücklich. Das Opfer einer ungleichen Ehe, ungleich in der Geburt, in der Intelligenz und im Ehrgeiz.«
Plötzlich drehte er sich um und blickte mich an. Sein Gesicht sah düster aus, als ob sich viel mehr dahinter verbergen würde, als in seinen Worten zum Ausdruck kam, so

daß ich mich fragte, ob es vielleicht ein noch merkwürdigeres und dunkleres Geheimnis gab, als selbst Joseph sich träumen ließ.
»Jetzt bist du ihnen gegenüber im Vorteil, Junge. Du hast Kleider, ein Zuhause, Diener und – und den Namen. Während sie nur den Namen haben, nichts als den Namen. Und du? Du bist gut gewachsen, siehst gut aus und wirst geliebt, fast zu sehr, he?« Seine Lippen zeigten ein Lächeln, aber seine Augen blieben tiefunglücklich. »Ich meine es sehr ernst, Junge. Wenn du auf meine Freundschaft und auf meine, meine Liebe Wert legst, dann versuche dir nicht mehr Vorteile zu verschaffen als die, die du hast. Ich möchte, daß du unserem Besuch gegenüber freundlich bist.«
Seine Augen blickten die Wände entlang, an denen zwischen den riesigen Gefängnissen, in denen die Bücher steckten – denn alle Regale waren mit Türen verbarrikadiert –, Dexter noch aus der Zeit der Königin Maria hingen: kühlblickende Edelleute, deren Lächeln so selten war wie der Stein der Weisen, Edelleute, die der Tod nicht ereilt hatte, so schien mir, sondern zu denen er gekommen war, den Hut in der Hand, und gesagt hatte: »Mit Ihrer Erlaubnis, Herr. Würden Sie geruhen, diesen Weg einzuschlagen?« Dann hatten sie vielleicht gelächelt.
Mein Vater sah mich wieder an, und ich bemühte mich, seinen Blick mit der gleichen bleichen Würde zu erwidern, wie sie überall an den Wänden hing. Sein Gesichtsausdruck wurde weich, ja beinahe zärtlich. Dann bat er mich, zu gehen und mich dem Besuch zu widmen. »Aber denke daran, Junge, denke an das, was ich dir gesagt habe.«
Sie waren im Salon meiner Mutter, jenem kleinen, eleganten Raum mit Stühlen und Ecktischen, die so zierlich waren, daß es unhöflich schien, in ihrem Beisein zu essen. Der einzige gewichtige Gegenstand war der runde Bauerntisch, an dem Mrs. Montagues toter kleiner Edelmann seine trügerischen Aufwartungen gemacht hatte.
»George«, sagte meine Mutter, »hier sind deine Tante und deine Vettern.«

Meine Tante drehte sich mit großartiger Geste auf ihrem Stuhl herum und starrte mich mit weit geöffneten Augen an, als sei ich etwas ganz Ungewöhnliches.
»Ich glaube, er kommt mehr auf Ihre Familie heraus, gnädige Frau«, sagte sie endlich, »denn er sieht meinem Schwager überhaupt nicht ähnlich, außer in der Haarfarbe.«
Meine Mutter hatte dunkle Haare, bis auf einige Stellen, die schon grau waren.
»Aber er sieht gut und gesund aus, was wunderbar ist, wenn man bedenkt, was für ein kränkliches Baby er war. Das ist die Landluft, gnädige Frau. Ich glaube, meinen Jungen hätte das auch gutgetan. Ja, wirklich, aber schließlich sind sie größer. Sogar mein Jüngster. Ganze drei Zentimeter. Steh auf, Bertram, damit deine Tante und ich sehen können, wieviel größer du bist als dein Vetter George.«
Aber er wollte nicht. Er blickte finster drein und beteuerte, er habe Kopfschmerzen. Wahrscheinlich schämte er sich wegen seiner schlecht sitzenden Hose und seiner Jacke, die ganz offensichtlich von einem seiner Brüder stammten. Ich empfand Mitleid mit ihm.
Aber später merkte ich, daß seine allgemeine Unfreundlichkeit ganz einfach seinem unliebenswürdigen Wesen entsprang.
»Kopfschmerzen, mein Liebling?« rief seine Mutter. Dann wandte sie sich an Lady Dexter. »Ich fürchte, daß er sich erkältet hat, Mylady, denn obwohl er groß ist, ist er doch sehr empfindlich. Das ist schlimm für ein Kind. Es macht so manches unmöglich. Oft, wenn er in Gesellschaft ist und glücklich sein sollte, ist er niedergeschlagen. Ich glaube, das liegt an der zu großen Vornehmheit seines Wesens. Ein richtiger Dexter, nicht wahr?«
Voller Zufriedenheit darüber, daß er auf diese Weise Aufsehen erregt hatte, begann mein Vetter wieder zu grinsen und blickte nur dann finster drein, wenn seine Mutter sich nach seinem Befinden erkundigte.
Wir blieben etwa eine halbe Stunde im Salon meiner Mutter. Während dieser Zeit entdeckte ich, daß meine beiden

anderen Vettern zwar keine Genies, aber doch lustige Jungen waren und daß selbst meine Tante liebenswerte Eigenschaften hatte, ich meine einen heiteren Geist und eine ergötzliche Art, Erlebnisse zu erzählen. Ihr gegenüber fiel es mir nicht schwer, die Wünsche meines Vaters zu erfüllen, und wir wechselten artige Worte miteinander. Ich glaube, ich machte auf alle Anwesenden einen guten Eindruck, außer auf meinen Vetter Bertram. Ich kam zu der Überzeugung, daß nichts, absolut nichts einen nachhaltigen Eindruck auf ihn machen könnte, außer einem Faustschlag oder einem Fußtritt.
Aber ich beherzigte die Wünsche meines Vaters und beantwortete seine finsteren Blicke und sein Hohnlächeln mit so viel Freundlichkeit, wie mir eben möglich war. Einmal fragte ich ihn sogar, ob ihm sein Kopf noch weh täte. Das war in dem Augenblick, als ein Diener meiner Mutter gesagt hatte, das Essen sei serviert, und alles zur Tür strömte. Er starrte mich mürrisch an und murmelte: »Ich hasse dich, Vetter! Ich wünschte, du wärest tot!«

George Vagabund

Mein Brief an Mr. Craddock war bereits unterwegs. Ich hatte ihn in der Aufregung, die durch die Neuankömmlinge entstanden war, vollkommen vergessen und erinnerte mich erst am folgenden Morgen wieder daran, als Joseph in mein Zimmer kam und mir erklärte, er habe sich am Tag zuvor die Freiheit genommen, den Brief zu versiegeln und fortzubringen. Ich dankte ihm mit einigem Unbehagen. Er lächelte und blieb an der Tür stehen. Joseph kam nie bis in die Mitte des Zimmers, als wagte er es nicht.
»Ich bitte um Entschuldigung, Mr. George. Da Sie den Namen nicht sehr deutlich geschrieben hatten, nahm ich mir die Freiheit, einen Blick hineinzuwerfen, so daß ich den Brief adressieren konnte, ohne Sie noch einmal belästigen

zu müssen.« Hier hielt er inne, vielleicht um zu sehen, ob ich verärgert wäre. Ich sagte nichts, und er nickte, mehr mit den Augen als mit dem Kopf. »Ich glaube, Mr. George, Sie sind getäuscht worden durch Mrs. Montague.«
Er beobachtete sorgfältig die Wirkung seiner Worte, bis er sicher war, daß er die Wahrheit getroffen hatte. Denn, sagte Joseph nun zufrieden, wobei er auf den Schreibtisch starrte, um zu sehen, ob da vielleicht noch irgend etwas läge, was er möglicherweise übersehen hätte, Mrs. Montague sei schon immer eine besonders gute Freundin von Hauptmann Richard gewesen. Ob sie mir das gesagt habe. Und ob sie mir auch berichtet habe, daß die betrunkene, pflichtvergessene Mrs. Smith – jene Kinderfrau, die mich einmal auf der Terrasse hatten fallen lassen und die dann ihre Laufbahn damit krönte, daß sie während meiner Entführung schlief –, daß also diese elende Mrs. Smith auf ihre Empfehlung hin eingestellt worden sei?
»Nein, Mr. George, die Dinge, die sie vermutlich gegen Mr. Treet vorgebracht hat, sind gar nichts verglichen mit der Schuld, die ganz offensichtlich auf Hauptmann Richard und ihr, seiner Komplizin, lastet. Hören Sie auf meine Worte, Mr. George, wenn Sie mir die Freiheit verzeihen wollen: Ihre Entführung und deren tragische Folgen sind nur auf das Fideikommiß zurückzuführen und auf nichts anderes. Das Fideikommiß ist eine schreckliche, schöne, große und furchtbare Sache, etwas sehr Erlauchtes, Mr. George.«
Nach diesen Worten legte er mit dem Anflug eines Lächelns den Zeigefinger auf seine Lippen, als ob er plötzlich spürte, daß irgendwo im Haus eine Unterhaltung stattfand, die zu versäumen ihm besonders unangenehm wäre.
Als er gegangen war, fühlte ich mich sehr erleichtert, ohne daß es einen besonderen Grund dafür gegeben hätte, denn mein Leben war noch immer voller Ungewißheiten und Geheimnisse. Aber für Minuten vergaß ich die schwere Last. Ich sah im Geist einen großen Wagen vorbeirollen, der von einem alten, weisen Pferd gezogen wurde. »Otway«, murmelte ich und lächelte.

Ich begann, vor mich hin zu pfeifen, und irgend etwas zog mich zu der großen Eichenholztruhe. Einen Augenblick lang zögerte ich, doch dann öffnete ich sie. Mein prächtiger Umhang und das herrliche Wams! Die Schuhe mit den roten Absätzen und eine wundervolle Perücke, die ich noch nie getragen hatte! Die Treets waren also in Shoreham. Ich hatte ein leidenschaftliches Verlangen, sie wiederzusehen, mit Edward zu diskutieren, mit Jane vornehm zu tun, mit Rose über Finanzielles zu sprechen, ja sogar ein Verlangen danach, Hotspur zu wecken und ihn heulen zu hören – und ein Verlangen nach dem stolzen Mr. Treet selber, auf den soviel Schmutz geworfen worden war, ohne daß etwas davon hängengeblieben wäre. Ich nahm die Perücke heraus und probierte sie auf. »Großartig!« rief ich unwillkürlich. In diesem Augenblick klopfte jemand an die Tür.

Es war meine Mutter. Meine Stimmung gefror. Ihre Blicke hefteten sich auf meine Perücke und wanderten zu der geöffneten Truhe. Zu meiner Verwunderung sah ich, daß sich ihre Augen plötzlich mit Tränen füllten. Hastig nahm ich die Perücke ab, weil ich glaubte, ich hätte ihr Kummer gemacht. Doch sie sagte: »Du sahst prächtig damit aus, George, wirklich!« Dann ließ sie mich allein, als ob sie sich nicht traute, noch etwas zu sagen.

Ich habe nie erfahren, warum sie gekommen war, und nie herausgefunden, warum sie so schnell wieder verschwand. Aber ihr Erscheinen hinterließ bei mir ein sonderbares Gefühl der Erregtheit, das mich von ganzem Herzen wünschen ließ, sie möge ihrer Launenhaftigkeit besser Herr werden, denn wenn sie in guter Stimmung war, war sie genauso nett wie alle anderen liebenswürdigen Menschen auf der Welt. Aber ihre gute Stimmung dauerte leider nie lange, und bei weitem nicht lange genug, um es zu wagen, sie um die siebzig Pfund zu bitten. Meine Gedanken weilten nämlich noch immer bei Mr. Treet und seiner großen Notlage. Mein Vater, so ging es mir durch den Kopf, war ausgeglichener. Er war weniger plötzlichen Stimmungen unterworfen.

Ich starrte gedankenverloren aus dem Fenster. Es war ein frischer, schöner Tag, vergoldet vom winterlichen Sonnenschein. Nur an den Bäumen des Birkenwäldchens hingen die Nebel wie Petticoats über silbernen Fußknöcheln.

Irgendwo darin hielt sich mein finsterer Onkel auf. Hatte er seine Frau und seine Söhne kommen sehen? Gab er ihnen vielleicht sogar Zeichen? Oder hatten sie sich schon getroffen? Das jedoch bezweifelte ich, denn meine Tante hätte nie ihren Mund halten können. Selbst jetzt konnte ich sie hören, wie sie laut die Haushälterin übertönte. Sie und meine Vettern machten einen Rundgang durch das Haus. Sie waren eingeladen worden, bis nach Weihnachten zu bleiben, was ich als ein Zeichen dafür deutete, daß mein Vater im Augenblick recht zugänglich war. Könnte man ihm noch mehr zumuten? Könnte man ihm vielleicht siebzig Pfund zumuten?

Dr. Newby war gekommen und wieder gegangen. Ein kurzer Besuch, der anzeigte, daß es um die Gesundheit meines Vaters schon recht gut stand, denn außer über Krankheiten pflegte der Arzt über nichts zu sprechen. Bei Gesunden fühlte er sich nicht wohl und machte sich, so schnell er konnte, wieder aus dem Staub. Das lag wohl daran, daß er sehr klein und sehr eingebildet war und deshalb nur dann genügend Ansehen zu genießen glaubte, wenn sein Gegenüber im Bett lag.

Es war fast zehn Uhr, und um diese Zeit hielt sich mein Vater meistens in der Bibliothek auf. Vielleicht war das eine günstige Gelegenheit, um ihn um das Geld für Mr. Treet zu bitten. In diesem Raum schien er nämlich mit sich und der Welt in Frieden zu leben. Die Schatten, die so oft seinen Blick verfinsterten und seine Stirn umwölkten, waren dort verschwunden, und auf seinem strengen, edlen Gesicht lag dann eine versöhnliche Milde.

Ich stellte mir vor, wie er bei meiner Bitte um die siebzig Pfund zustimmend lächelte. »Siebzig Pfund? Aber natürlich, Junge. Du sollst sie haben. Und sage Mr. Treet, daß wir ihm gutes Wetter und eine glückliche Überfahrt wünschen.«

In der Bibliothek, umgeben von verstorbenen Dexter und den Weisheiten der Welt, waren wir uns am nächsten – eines Sinnes, eines Geistes und eines Herzens. Hier sprach er von den Ausflügen, die wir zusammen machen wollten und bei denen wir Seite an Seite durch die Landschaft reiten würden, selbst nachts. »Und wenn Straßenräuber kommen?« hatte ich ihn einmal gefragt, denn als ich noch ein Treet gewesen war, hatte die Dunkelheit immer als gefahrbringend gegolten. »Aber Junge«, hatte er lachend erwidert, »bei deiner Geschicklichkeit im Umgang mit Waffen wirst du mich gewiß leicht vor allen Unannehmlichkeiten und Gefahren schützen können.«

Gestern, nachdem er sich von dem Erstaunen über die Neuankömmlinge erholt hatte, hatte er sogar von zwölf oder mehr Nachbarn gesprochen, von denen er hoffte, daß sie uns Weihnachten mit ihrer Anwesenheit beehren würden. Dieser Gedanke schien ihm Freude zu bereiten. Er sagte, er hoffe, ich würde mich beim Tanz mit den Damen auszeichnen, allerdings nicht zu sehr, denn ich dürfe nicht vergessen, daß es einfache Leute vom Land wären, die im Ballsaal nicht sehr vornehm wirkten und auf dem Tanzboden auch nicht allzu gewandt seien.

Der Gedanke an die Bibliothek stimmte mich also sehr heiter, und auf dem Weg dorthin summte ich sogar:

Gott ist mit uns. Vergesset nun
den Kummer und das Leid.

Er war nicht dort. Statt dessen saß, alle viere träge von sich gestreckt, mein Vetter Bertram auf der Fensterbank. Eine höchst unangenehme und entmutigende Entdeckung. Allerdings, wenn ich nicht so freudig erregt hierher gekommen wäre, wäre mein Stimmungsabfall vielleicht auch nicht so total gewesen.

»Ich suche meinen Vater«, begann ich.

Mein Vetter antwortete nicht, lümmelte sich vielmehr weiter auf der Fensterbank herum und blickte mich mürrisch an. Er sah immer noch kränklich aus. »Leidest du unter Kopfschmerzen, Vetter Bertram?«

»Nicht halb so viel wie unter dir, George Dexter.«

»Es tut mir leid, daß ...«
»Warum? Hast du geglaubt, wir würden Freunde?«
»Nein, aber auch keine Feinde. Es liegt ganz bei dir.« Ich dachte an den Wunsch meines Vaters und wollte mich von ihm nicht in Zorn bringen lassen.
»Weißt du, Vetter George, daß du wie ein gemeiner, protziger Schauspieler daherstolzierst und genauso gekleidet bist wie einer dieser Vagabunden? Sprechen tust du auch so, aber das wundert mich nicht, denn, wie meine Mutter sagt, bist du von so einem Landstreicher erzogen worden. Warum bist du nicht bei ihm geblieben, Vetter George? Gleichgültig, was für Blut in deinen Adern fließt, es fließt doch durch ein Vagabundenherz.«
Ich versichere euch, ich hatte wirklich die besten Absichten, aber das konnte ich einfach nicht auf mir sitzenlassen. Lächelnd und mit ruhiger Stimme erwiderte ich: »Da wir gerade von Blut sprechen, Vetter Bertram, deine Nase blutet.«
Er faßte an seine Nase und sah sich dann seine Finger an.
»Du hast dich geirrt, George Vagabund.«
»Nein. Ich sehe es genau, und außerdem ist dein rechtes Auge dunkel und geschwollen. Und deine Backen, Vetter Bertram, sie sind übersät mit blauen Flecken und Schrammen. Jemand muß dir büschelweise Haare ausgerissen haben, und deine Ohren sind in die Länge gezogen. Deine ...«
»W-was willst du damit sagen?«
»Ach, entschuldige, Vetter Bertram. Weiß du, ich habe eine furchtbare Gabe, die ich bei meinen Vagabunden gelernt habe. Ich habe nämlich das zweite Gesicht. Manchmal sehe ich Dinge, die kurz darauf wirklich passieren. Lieber Vetter Bertram, ich hoffe, ich habe mich geirrt, aber eben sahst du aus, als ob du halb zu Tode geprügelt worden wärest.«
Ich hatte ihn erschreckt. Dazu gehörte nicht viel bei seinem schäbigen Geist. Er duckte sich und hob die Hand – Gott weiß, wogegen. Dann ließ er sie langsam fallen und streckte wieder alle viere von sich.
»Ein schmutziger, boshafter Schauspielertrick! Du bist ver-

schlagen, eingebildet und grob, du bist höhnisch und überheblich. Wahrscheinlich glaubst du, du seist etwas Besseres als wir, weil du dir klüger vorkommst. Klugheit ist Verschlagenheit, George Vagabund, und was auf der Straße und im Theater vielleicht eine Tugend ist, bedeutet in einer Familie wie der unsrigen nichts weiter als Unhöflichkeit und Ungeschliffenheit. Frag meinen Onkel, frag meine Tante. Frag sie, was sie in Wirklichkeit von dir denken. Sogar meine Mutter kannst du fragen. Sie hält dich nämlich für unendlich gerissen. Sie schämen sich alle deinetwegen, George Vagabund, und bei jedem Schritt, den du tust, und bei jedem Wort, das du sprichst, lächelt meine Mutter nur verächtlich, und sie spürt einen stechenden Schmerz in der Herzgegend.«

Sein widerliches, bleiches Gesicht war fleckig und geschwollen vor lauter Gehässigkeit, und seine kleinen blauen Augen, die so tief lagen, als ob sie in übergroße Höhlen gedrückt worden seien, waren mit Wut und Tränen gefüllt. Nie zuvor habe ich einen Jungen gesehen, der so giftig war und einen so ungeheuren Haß zeigte.

»Du bist verrückt!« sagte ich. »Du gehörst in eine Irrenanstalt.«

Er höhnte: »O ja, George Vagabund. Die ganze Welt ist verrückt, nur du nicht.«

»Du bist boshaft, dumm und ...«

»Und nicht so schlau wie du?«

»Nein, und nicht einmal so schlau wie der dreckigste Lampenputzer, der je durch ehrliche Nachtarbeit seinen Unterhalt verdient hat. Du schäbiger, kleiner Bettler, du hast doch noch nie einen roten Heller verdient, außer wenn du die Hand aufgehalten und gewimmert hast: Herr, ich bin ein Edelmann. Bitte, helfen Sie mir! Wozu bist du auf der Welt, Bertram Dexter? Nur um zu verhindern, daß die Kleider deiner Brüder auf der Bodenkammer verschimmeln. Du Vogelscheuche! Ich würde mit dir kämpfen, wenn du es wert wärest. Aber ich werde dich nicht anrühren. Du brauchst nicht so zu schielen und zusammenzuzucken, denn obwohl du Dexter heißt, wirst du nie ein Mann wer-

den, auch wenn du hundert Jahre alt wirst. Du bist ein Lump, Bertram Dexter, ein widerwärtiger Abfallhaufen, gleichgültig, was für ein Wappen auf diesem Abfallhaufen klebt.«
Ich glaube, ich sagte ihm noch viel mehr, und meine Vergleiche wurden vielfältiger und bunter. Dreizehn Jahre des Zusammenlebens mit den Treets hatten mir eine Sprache gegeben, mit der ich alles messerscharf und eindringlich ausdrücken konnte.
»Wenn ich prunkvoll bin, Vetter, dann deshalb, weil ich die Würde habe, die es rechtfertigt, während du wie der Kot bist, dessen Gestank kein Wind vertreiben kann. Ein Wirtshausklosett, daran erinnerst du mich!«
Ich hielt inne, um Luft zu holen. Aber ich kam nicht dazu, noch mehr zu sagen, denn ich hörte plötzlich den furchtbarsten Laut, den es in der ganzen Welt geben konnte: ein Seufzer, bitter wie der Tod. Mein Vater hatte im Türeingang gestanden und zugehört. Bertram, dieses giftige Großmaul, mußte ihn gesehen haben, denn er hatte kein einziges Wort gesagt.
»Vater!«
Die Türöffnung hinter ihm war ganz dunkel. Es war, als stünde er in einem düsteren Bilderrahmen. Sein Gesicht war schneeweiß, und seine Augen schienen so tief eingesunken zu sein, daß sie zu erlöschen drohten.
»Vater . . .«
Plötzlich drehte er sich um und ging davon, ohne einen Blick, ohne ein Wort. Mein Vetter stand auf und stolzierte mit einem widerlichen Lachen an mir vorbei.
Als er gegangen war, blickte ich unsicher zu den Dexter an den Wänden hinauf. Sie waren geblieben: die toten, mit Firnis überzogenen Dexter aus längst vergangenen Zeiten. Sie starrten grimmig, ja verächtlich herab – alle, bis auf einen, der zu lächeln schien. Es war ein jugendlicher, großartiger Dexter mit einer braunen Perücke und einem Brustharnisch aus Stahl. Er hing, mir halb zugewendet, da und starrte mit seinem merkwürdigen Lächeln – wohin? Auf ein blutiges Schlachtfeld!

Sein Bild schien mir plötzlich beunruhigender zu sein als all die anderen finsteren Gesichter. Ich sah, wie aus seinem Lächeln eine breite, teuflische Grimasse wurde. Er lachte, lachte über Qualen, Blut und Tod.
Dieses merkwürdige, unheimliche Gesicht kam mir bekannt vor. Hauptmann Dexter? Er sah genauso aus wie mein heruntergekommener Onkel, der sich im Wäldchen versteckt hielt.
Ich ging zum Fenster und blickte traurig in die Richtung, in der ich Shoreham und die Treets vermutete. Obwohl die Sonne noch immer vom Himmel herabstrahlte, schien für diesen Tag die Hoffnung auf eine günstige Gelegenheit, meinen Vater um die siebzig Pfund zu bitten, endgültig zerstört zu sein.
Was sollte ich tun? Sollte ich meinen Vater aufsuchen und ihn für meinen Ausbruch um Entschuldigung bitten? Oder sollte ich nach Shoreham gehen und dieses Haus für immer verlassen? Ich wußte es nicht. Doch je mehr sich der Tag seinem Ende zuneigte, desto entschlossener war ich, nach Shoreham zu gehen. Es war offensichtlich, daß mein Vater mir auswich. Sobald ich in seiner Nähe auftauchte, schien ihn eine ernste und dringende Angelegenheit irgendwohin zu treiben. Und immer, wenn er mir auswich, war auch mein Vetter da. Er lehnte an der Wand, räkelte sich in einem Stuhl oder schlenderte durch die Halle. Manchmal grinste er, wenn ich vorbeiging, und manchmal zischte er mir giftig zu: »Ich werde dich vernichten, George Vagabund, darauf kannst du dich verlassen!«
Ich überlegte, ob ich mich an meine Mutter wenden sollte, denn sie schien liebenswürdiger als je zuvor, aber sie war ganz davon in Anspruch genommen, Mrs. Dexter zuzuhören. Auch ließ mich der Gedanke an ihre kalte, spöttische Art zögern, sie um etwas zu bitten, dessen Verweigerung mich in ihren und meinen Augen verletzen würde.
So ging ich schlechtgelaunt zu Tisch, wo mich eine neue, unangenehme Überraschung erwartete. Mein Vater hatte sich gegen seine Gewohnheit entschlossen, heute nicht allein zu essen. Er saß in dem großen Stuhl am Kopfende

des Tisches. Finster betrachtete ich die sechs silbernen Salzfäßchen. Fünf hätten genügt, denn mein Essen war mir sowieso versalzen.
Ich setzte mich auf meinen Platz und bemerkte, daß ich John, meinem ältesten Vetter gegenübersaß, dessen Verblüffung über das Tischgebet mich so verwirrte, daß ich beinahe gesagt hätte: »Komm, Herr Jesus, sei du unser Gast und segne, was du mir heute schon bescheret hast!«
Dann blickte ich meinen Vater an – und er lächelte. Das war seltsam. Hatte er denn alles vergessen?
»Nun, Junge, seid ihr, du und dein Vetter, inzwischen doch noch Freunde geworden? Nach dem morgendlichen Sturm ein Sonnentag? Nachdem, was ich heute gehört habe, müßte dein Zorn wie weggeblasen sein. Ein Sturm, Mylady« – er wandte sich an meine Mutter – »sie haben sich gestritten heute morgen in der Bibliothek, sprachgewaltig und zornig. Ich war erstaunt.«
»Wirklich?« sagte meine Mutter kühl.
»Ja, wirklich, Mylady, und glauben Sie mir, wäre George nicht erst vierzehn Jahre und unser Neffe Bertram nicht fünfzehn, dann hätten die Schärfe der Ausdrucksweise und die Leidenschaft der Sprache zu einem Duell führen müssen. O ja, glauben Sie mir, zuerst und einige Stunden danach war ich zornig, sogar besorgt, denn mir schien, als ob unser Haus angesichts dieses wilden, neuen Geistes, der jetzt darin wohnt, über uns allen zusammenbrechen müßte. Aber dann, im Laufe des Tages, beruhigte ich mich wieder. Es waren keine Kriegslaute – statt Trommeln das Klopfen junger Herzen. Und nun sehe ich beide am Tisch. Ihre Augen glänzen, keins ist geschwollen. Können wir da zornig sein, wenn sie es nicht sind?«
Ich saß da und hörte ihm voller Staunen zu. Dann schämte ich mich, daß ich über die Wärme, das Mitleid und das Verständnis meines Vaters so erstaunt war. Ich begann, an meinem eigenen Urteilsvermögen zu zweifeln, und fragte mich, welche Fehler ich noch gemacht haben könnte. In mir begann sich ein Gefühl der Demut, der Freude und des Friedens auszubreiten. Ich war wieder voller Zuversicht.

Zwischen Käse und Obst beugte ich mich zu meinem Vater hinüber und bat ihn um die siebzig Pfund. Er spielte mit seinem Weinglas, starrte hinein und sah erst meine Mutter und dann mich an. »Wofür Junge? Wofür brauchst du siebzig Pfund?« Ich sagte es ihm. Wieder schwieg er – länger, als mir lieb war. Eine seltsame Spannung lag in der Luft. Dann sagte er: »Morgen nimmst du ein Pferd und reitest nach Shoreham. Nimm nicht siebzig, sondern hundert Pfund für deinen Mr. Treet mit. Siebzig für die Überfahrt und dreißig für – wofür du willst.«
Ich traute meinen Ohren kaum, und noch als ich im Bett lag, befürchtete ich, sie hätten mich angelogen, nur um neues Unheil, neue Verwirrung anzurichten – sie, meine eigenen Ohren.

Die selbstmörderische Pistole

»Hier sind die hundert Pfund, Mr. George, und der Segen Ihres Vaters für eine sichere Reise und schnelle Rückkehr.« Mit diesen Worten übergab mir Joseph einen ledernen Geldbeutel und eine fein ziselierte Pistole aus Silber. »Auf dem Weg nach Shoreham gibt es viele Taschendiebe und Straßenräuber.«
Er gab dem Stalljungen, der mein Pferd gebracht hatte, ein Zeichen, daß er gehen könne. Dann murmelte er vertraulich: »Aber es sind nicht diese armen Kerle, die Ihnen Angst machen könnten. Es ist ... Sie wissen, wen ich meine. Möge Gott verhindern, daß Sie ihn treffen, aber wenn der Teufel stärker sein sollte als er und Ihnen plötzlich ein gewisser Hauptmann über den Weg läuft, nun, dann ist in diesem Pistolenlauf eine Ladung, die Sie getrost auf ihn abfeuern können. Damit endlich Tageslicht in seinen abscheulich finsteren Kopf fällt, Mr. George.«
Ich dankte ihm und fragte mich, ob er wohl den Verdacht

hegte, der Hauptmann und ich hätten uns schon einmal gesehen. Aber es war unwahrscheinlich, denn der einzige Zeuge unseres Zusammentreffens war Mrs. Montague gewesen, die eine genauso verschwiegene Seele war wie ihre Freunde unter der Erde.

Der Teufel war stärker – denn nachdem ich etwa eine halbe Meile geritten war und an die Stelle kam, wo die Auffahrt die Straße erreicht und am Wäldchen entlangführt, hörte ich plötzlich eine Stimme: »Halt, halt an, Neffe!«

Mein Onkel. Er schien aus den Bäumen gefallen zu sein wie ein alter, schwarzer Strunk. Im Tageslicht sah er noch zerlumpter und erbärmlicher aus.

»Stimmt es, daß sie im Haus aufgetaucht sind – mein Quartiermeister und die Kadetten? Mit einem Wort, Neffe, meine Frau und meine Söhne?«

Ich hatte die Zügel angezogen. Er war herangekommen und griff nach dem Zaumzeug. Meine Hand fuhr zur Pistole – und meine Gedanken zu meinem Geldbeutel.

»Um Himmels willen, Kind, willst du mich etwa erschießen?«

Bevor ich antworten konnte, bemerkte ich eine zweite Gestalt, die vom Wäldchen her auf uns zueilte. Mrs. Montague – ein sehr früher Vogel mit einer besonderen Vorliebe für Würmer. Wie konnte sie gewußt haben, daß ich fortreiten würde? Mein Onkel wollte etwas sagen, aber Mrs. Montague kam ihm zuvor: »In dieser Geschichte gibt es genug dunkle Verwicklungen, Mr. Richard. Wir sollten sie nicht rätselhafter machen, als sie schon ist. Keine Angst, Mr. George, es ist nichts weiter vorgefallen, als daß Joseph, diese schwatzhafte Person, gestern im Wirtshaus ›Zum Schäfer und seinem Hund‹ meinen Diener getroffen hat.«

Mein Onkel zuckte mit den Schultern und grinste. »Mrs. Montague hat recht, Neffe. Besser, wir legen die Karten, die wir haben, auf den Tisch, denn wir sitzen alle in einem Boot, nicht wahr?«

Er klopfte den Hals meines Pferdes und fuhr fort: »Du hast also meine teure Truppe kennengelernt. Sag, Neffe, sind sie nicht prächtig? Natürlich leidet deine Tante unter

den schlechten Verhältnissen. Aber du solltest sie sehen, wenn sie Geld und schöne Kleider hat. Eine Herzogin, Neffe, die Gattin eines Generals! Nur durch grausame Entbehrungen konnten sie so herunterkommen, sie und ihre Söhne.
Na ja, John ist nicht gerade besonders klug. Er eignet sich wohl nur dazu, später einmal zu erben. Aber ist das beim Prinzen von Wales anders? John ist ein Mann von Stand, Neffe – und ich liebe ihn. Ich habe gehört, daß du dich mit Bertram entzweit hast. Ja, sicher, ich gebe zu, Bertram ist ein Einzelgänger. Aber er hat einen guten Kern. Du mußt nur tief genug in ihn dringen und dir viel Mühe geben, dann wirst du ihn entdecken. Wirklich, glaub mir. Ha, meine Truppe, meine großartige Truppe! Wie ich mich danach sehne, sie wiederzusehen.«
Ich empfand plötzlich großes Mitleid mit diesem ruinierten Soldaten, der seine Familie trotz ihrer Fehler so liebte.
In diesem Augenblick sagte Mrs. Montague: »So hat Mr. Treet Sie also doch angezapft, Mr. George? Hundert Pfund, nicht wahr?«
»Angezapft? Was wollen Sie damit sagen, gnädige Frau?«
»Nicht mehr, als ich bereits gesagt habe. Bei der ersten Berührung mit einem Blutsauger spürt man kaum etwas. Aber sobald er sich einmal festgesaugt hat, schröpft er und schröpft er, bis man so trocken und blutleer ist wie ein Knochen.«
»Sie irren sich, gnädige Frau. Das Geld ist für eine Reise nach Übersee. Danach werde ich Mr. Treet nie mehr sehen.«
»Hoffen wir, daß Sie recht haben und daß Sie in Ihrer Liebe nicht betrogen werden. Hoffen wir, daß er der ist, für den Sie ihn halten, und daß ich mich getäuscht habe.«
Mein Onkel starrte zu Boden. »Hundert Pfund, Neffe? Das ist überwältigend viel Geld. Und alles für Mr. Treet? Könntest du nicht, hm, ein paar Guineen davon abzweigen? Du weißt doch, Fleisch und Blut ...«
Ich dachte nach. Es war offensichtlich, daß er dringend Geld brauchte, denn vom Vagabundieren konnte er nicht länger leben. Wenn ich ihm also die dreißig Pfund gäbe, die ich

zusätzlich bekommen hatte, hätte er eine Chance, aus seinem Elend herauszukommen und ein besseres Leben zu beginnen. Vielleicht fand er sogar ein Schiff nach Indien.
»Dreißig Pfund, Neffe? Du bist ein Prinz. Nicht wahr, Mrs. Montague, er ist ein Prinz. Ich bat um ein paar Guineen, und er gibt mir gleich ein ganzes Regiment. Fleisch und Blut, gnädige Frau, das ist es.«
Dann geschah etwas, das ich so schnell nicht vergessen werde. Mein Onkel, der das Geld verstaut hatte, starrte auf meine Pistole, die im Sattelhalfter steckte.
»Zeig sie mir, Kind. Zeig doch mal her. Ich bin Soldat und verstehe etwas von Waffen. Ich möchte sie mir ansehen.«
Ich zögerte. »Aber Neffe, ich will sie doch nicht behalten!«
Ich zog die Waffe heraus und gab sie ihm. Er nahm sie in beide Hände und prüfte sie fachmännisch.
»Wer hat sie dir gegeben?«
»Joseph.«
»Joseph? Der versteht nichts von Waffen. Hat sie vorher jemand anders angesehen?«
»Ich – ich weiß nicht.«
Er zog seine eigene Pistole hervor, die genauso aussah wie meine.
»Hier, nimm diese. Wenn du mit deiner schießen würdest, jagtest du dir wahrscheinlich selbst eine Kugel durch den Kopf. Der Lauf ist beschädigt, und zwar so sauber, als ob es jemand absichtlich getan hätte. Sieh dir das an, dort über der Ziselierung. Ich könnte schwören, daß das Meißelspuren sind. Beim Regiment habe ich das einmal gesehen. Der Pistolenlauf wird eingebeult, so daß die Kugel hängenbleibt und die Ladung nach hinten losgeht. Der arme Teufel, der mit einer solchen Pistole schießt, trifft sich selbst – mitten ins Gesicht. Gut, daß du angehalten hast, Neffe. Sonst hättest du vielleicht ein Stück weiter angehalten – und dann für immer.«
Völlig verwirrt und mit sehr gemischten Gefühlen ritt ich weiter in Richtung Shoreham. Meine Freude darüber, daß ich unterwegs zu den Treets war, wurde durch panischen Schrecken getrübt. Mein Onkel hatte die Waffen zu schnell

gewechselt, so daß ich nicht feststellen konnte, ob seine Behauptung richtig war. Aber wenn er die Wahrheit gesagt hatte, dann gab es jemanden, der mich aus der Welt schaffen wollte. Ich dachte sofort an Bertram. Seine Worte, die ich als Ausdruck seiner üblen Laune angesehen hatte, bekamen nun einen neuen Sinn: »Ich werde dich vernichten, George Vagabund.«

Bertram Dexter, der Soldatensohn, der höchstwahrscheinlich etwas von Waffen verstand und der wohl auch die tragische Geschichte kannte, die mein Onkel mir eben von seinem Regiment erzählt hatte. Wahrscheinlich hatte dieser durchtriebene Bursche auch noch seine Freude an der Geschichte gehabt.

»Du grausamer junger Edelmann!« murmelte ich, und ein kalter Schauer lief mir bei diesem Gedanken den Rücken herunter. Was für eine Situation! Das Schlimmste, was ich bisher erlebt hatte, war, daß einmal ein Ei und eine Rübe aus dem Parkett geflogen kamen, als meine Aufführung nicht ganz so gut wie sonst gewesen war, oder daß ich gestoßen und gekniffen wurde, wenn mein Spielen die anderen Treets neidisch gemacht hatte. Aber noch niemals hatte es jemand auf mein Leben abgesehen gehabt – außer damals, vor dreizehnl Jahren, in jener Nacht, als der Auftraggeber mich hatte töten wollen.

Allmählich beruhigte ich mich wieder, und als ich daran dachte, wie entsetzt Bertram sein würde, wenn ich gesund und lebendig zurückkäme, mußte ich sogar lächeln.

Um halb zwölf kam ich in Shoreham an. Das Wirtshaus »Zum alten Schiff« war ein freundlich aussehendes, flach gebautes und reizvolles Gebäude auf der Hafenseite der Hauptstraße. Eine Galionsfigur war über der Tür angebracht, und sie hatte, wie ich später entdeckte, eine verblüffende Ähnlichkeit mit dem Wirt, der denselben sanften, glänzenden Blick hatte und genauso gefühllos war wie der Seemann aus Holz.

Dieser Wirt stand kerzengerade in dem dunklen Gästezimmer und sah aus, als ob er von einem Gerichtsvollzieher, der eine Pfändung bei ihm vornehmen wollte, in seiner Ehre

gekränkt worden sei. Er rieb sich immer mit Öl ein, so versicherte mir Hotspur Treet aufgeregt, und er stank furchtbar nach altem Fisch.
Aber zuerst will ich von dem Auftritt der Treets erzählen. Es war – wie immer – wunderbar. Im Gästezimmer herrschte eine unendliche Ruhe, als ob sich außer dem Wirt dort niemand aufhalten würde. Dann hörte ich plötzlich ein Knarren, Scharren, Schlurfen und ein merkwürdiges Geflüster – und sie kamen hervor: aus dunklen Ecken, unter leeren Stühlen und Tischen, unter denen nicht einmal genug Platz für eine Maus gewesen wäre, geschweige denn für Henry, Nell und Hotspur. Edward tauchte sogar ganz plötzlich hinter dem unbeweglich dastehenden Wirt auf. Die Treets!
Ich versuchte mich zu verteidigen, denn ich wurde sofort umlagert und konnte mich kaum bewegen. Das Geschrei und Getöse nahm nämlich handfeste Formen an, die sich in Kneifen, Zerren und freundschaftlichen Hieben äußerten. Ich sah mich deshalb gezwungen, Miss Jane Treet zuzurufen: »Ich dachte, du würdest diesmal höflicher sein!« Aber keiner hörte mich, da meine Stimme von ihren nicht zu unterscheiden war und darin unterging wie ein Liter Wein in der brüllenden See.
»Wie vornehm er angezogen ist.«
»Etwas glanzlos, finde ich.«
»So feine Spitze. Kostbar.«
»Aber sehr, sehr unauffällig.«
»Wie eine Mausz, nicht wahr?«
»Hi, hi, aber eine reiche Maus.«
»Eine Kirchenmausz! George ist eine Kirchenmausz!«
»Sei ruhig, Hotspur. Laßt ihn doch auch mal zu Wort kommen. Wir wollen hören, was er zu erzählen hat.«
Um überhaupt gehört zu werden, mußte auch ich schreien und mit der Faust auf den Tisch schlagen, ja, manchmal blieb mir nichts anderes übrig, als den einen oder anderen am Ohr zu ziehen.
»Hört mir zu!« brüllte ich aus Leibeskräften – wie in alten Tagen –, und sie lachten und ließen mich endlich reden.

Aber ich hatte gerade erst angefangen, von meinen Abenteuern zu erzählen, als Edward, der Historiker, fragte: »Was hast du herausgefunden, George? Hast du entdeckt, wer der Auftraggeber ist? Mir scheint, und ich habe lange darüber nachgedacht, daß es sehr wichtig für dich ist, das in Erfahrung zu bringen.«
Ich blickte ihn an, und ich hatte plötzlich das Bedürfnis, ihm alles zu erzählen – da machte er ganz zufällig eine niederschmetternde Bemerkung.
»Bei meiner Untersuchung alter Familiengeschichten kam ich zu dem Ergebnis, daß kein Bösewicht nach dem ersten fehlgeschlagenen Versuch aufgibt. Jetzt, da du zurückgekehrt bist, wird er natürlich versuchen, dich auf andere Weise zu beseitigen. Denn wenn du unwillkommen gewesen bist, als du ein Jahr alt warst, dann mußt du jetzt noch vierzehnmal unwillkommener sein für den Betreffenden.«
»Edward!« sagte Jane Treet scharf. »Es ist sehr unfreundlich und grob, so etwas zu sagen. George ist überall willkommen.«
Edward sah überrascht aus. »Ich wollte George nicht verletzen. Das ist doch eine interessante Sache. Ich wünschte, ich steckte in seiner Haut und hätte so ein sonderbares Geheimnis zu lösen wie er.«
Ich auch! Ich wünschte es aus tiefstem Herzen, dieses Geheimnis zu lösen, denn mir fiel wieder die Pistole ein, und ich fragte mich jetzt zum erstenmal, ob wirklich Bertram dahintersteckte oder ob es nicht jemand anders sein müsse.
Dann kam Mr. Treet. Er strahlte seine Nachkommenschaft an und schüttelte mir herzlich die Hand.
»Ich bin erfreut, dich zu sehen, lieber George. Wirklich, sehr erfreut.«
»Ich habe Ihnen etwas mitgebracht . . .«
»Gott segne dich, und das wird er, da bin ich sicher.«
Ich gab ihm den Geldbeutel, den er so in seine Tasche gleiten ließ, daß es der Wirt mit seinen Lackaugen nicht bemerken konnte.
»Es liegt gerade ein Schiff vor Anker, das mit der Nach-

mittagsebbe ausläuft. Ich gehe zum Kapitän und spreche mit ihm. Bin in fünf Minuten zurück.«
Er war tatsächlich bald zurück und lächelte feierlich. Die Würfel waren gefallen: Plätze für die Überfahrt waren reserviert.
»Mr. Dexter sieht blaß aus, meinen Sie nicht auch, Vater?« sagte Jane Treet plötzlich. Mr. Treet sah mich forschend an.
»Nicht blaß, sondern vornehm, Kind«, erklärte er. »Weiß ist eine vornehme Hautfarbe.«
»Er sieht sorgenvoll aus, Vater«, fuhr Jane unbeirrt fort, »und nicht sehr glücklich.«
»Unsinn, Kind! Er ist reich, wird geliebt, lebt sicher und sorglos. Das stimmt doch, George?«
»Ja, natürlich, Mr. Treet.«
»Na also, Fräulein, was habe ich gesagt. Die Welt liegt ihm zu Füßen.«
»Könnten Sie nicht mit uns kommen, Mr. Dexter?« fragte Jane sanft.
Ich lächelte. »Ich habe eine Familie, Miss Treet.«
»Wie unszere, George?«
»Wie sind sie, Mr. Dexter? Ihr Vater . . .«
»Isšt stattlich, würdevoll und großzügig.«
»Und Ihre Mutter?«
»Ist – ist elegant, witzig und humorvoll.«
»Ich glaube, ich würde sie vorziehen, wenn sie wirklich Humor hat.«
»Mein Vater war krank . . .«
»Gibt es denn szonszt niemanden in Ihrem großzen Hausz? Szie müsszen ja darin herumrasszeln wie drei Erbszen in einer rieszigen, großzen Trommel.«
»Ja, es klingt, als ob es sehr einsam wäre, Mr. Dexter.«
»Große Herren«, erklärte Mr. Treet, »sind nicht auf Gesellschaft angewiesen, um glücklich zu sein.«
»Das stimmt«, sagte Edward, klug, wie er war. »Denn in allen Stücken, Berichten und Geschichten sprechen sie viel häufiger mit sich selbst als mit ihrer Familie.«
Diese Bemerkung rief in allen Treets zahlreiche Erinnerungen wach, die mit der Gegenwart und ihren Problemen

nichts zu tun hatten – Erinnerungen an Orte, die wir besucht hatten, an Plätze, die wir kennengelernt hatten, an große Triumphe und kleine Mißerfolge, an ungeheure Reisen und an ein Pferd, das wir Webster genannt hatten und das genauso aussah wie der Bürgermeister von Rye – damals, als Hotspur noch ein schlummerndes Baby war.
»Wie seltsam ist es doch, Mr. Dexter, daß Sie sich besser an uns Treets erinnern als wir selber.«
»Ich werde euch auch nie vergessen – niemals, Miss Treet!«
»Wir dich auch nicht, George!« rief Mr. Treet, der plötzlich aufsprang, da die Abfahrtszeit näherrückte. »Gleichgültig, welche Triumphe die Zukunft für uns bereithält – gleichgültig, welcher Ruhm auf uns zukommt – wir werden immer an dich denken, George. Unsere Gedanken werden Ozeane und Berge überqueren und dich bei deinem ruhigen und sorgenfreien Leben begleiten. Wir werden niemals wirklich getrennt sein, mein Junge.«
Es war soweit. Nicht einmal das Dämmerlicht des Gästezimmers vermochte das Glänzen unserer Augen beim Abschiednehmen zu verbergen. Nur Mr. Treet blickte träumerisch in die Ferne. Seine volltönende Stimme schien den Raum zu füllen, als wäre sie Luzifer-Rauch. »Kommt, ihr Treets, auf geht's!«
Traurig sah ich ihnen nach, wie sie das Gästezimmer verließen und die Straße hinabgingen. Die hervortretenden schwarzen Augen des Wirtes folgten ihnen. Eins, zwei, drei, vier, fünf, sechs, sieben – ein Treet nach dem anderen verschwand hinter den Schuppen.
Ich saß ungefähr eine halbe Stunde in der schummrigen Gaststube und lauschte den Geräuschen des Hafens. Ich hörte das Knirschen von Ketten, das Knarren von Seilen und die uralten Rufe der Matrosen, als die Segel von den Rahen herabfielen und sich im Winde bauschten.
War das ihr Schiff? Ich sah im Geist den ewigen Ablauf der Trennung von Holz und Stein vor mir, als das Schiff vom Kai ablegte und die Kluft – zuerst nicht größer als eine Handbreit – groß und tief wie eine Wunde wurde, bis die Trennung unüberwindlich geworden war. Mir schien,

daß eine ganze Welt unwiderruflich den Wellen preisgegeben wurde.
Mrs. Montague hatte also unrecht gehabt, und ihre Verdächtigungen waren aus der Welt geräumt. Aber um welchen Preis! Die Treets waren für immer fort.
Ich ging nach draußen und spürte, wie die Augen des Wirtes auch nach mir schielten. Ob er wohl niemals etwas sagte? Die Straße sah alt und verlassen aus. Doch so sah sie wohl immer aus, wenn gerade ein Schiff auslief. Dann ging jeder zum Hafen, um die Abfahrt des Schiffes zu verfolgen und zu winken. Die Luft war erfüllt von den schrillen Schreien der Meeresvögel. Eine schwermütige Stimmung überkam mich.
»Sie sind ein abscheuliches altes Weib, Mrs. Montague, und ein genauso schmieriger Lügner wie Ihr kleiner toter Edelmann unter der Erde. Ich habe meine Freunde verloren, und es bereitet mir nicht das geringste Vergnügen, Ihnen bewiesen zu haben, daß Sie unrecht hatten, denn in meinem Innersten habe ich nie daran gezweifelt, daß Mr. Treet ein rechtschaffener Mensch ist.«
Ein kleines Häuflein Menschen war die schmalen Steinstufen heraufgekommen, die zum Strand der Fischer führten. Sie schlurften und stolperten über das Kopfsteinpflaster. An ihren Füßen schienen noch einige Reste des Seenebels zu hängen, als ob sie Kaufleute wären, die sich um einen Haufen Baumwolle gestritten hatten. Als sie näher kamen, traute ich meinen Augen kaum: Die Treets! Sie waren nicht abgefahren. Eins, zwei, drei, vier, fünf, sechs und sieben, nämlich Mr. Treet selber. Er lachte etwas kleinlaut.
»Hallo, George! Ha-ha! Stell dir vor, wir haben das Schiff verpaßt, nur um einen Meter. Ich schrie natürlich und schüttelte die Faust: ›Kapitän, was ist mit unseren siebzig Pfund?‹ Keine Antwort. Meine Worte waren in den Wind gesprochen, und die siebzig Pfund sind weg. Ha-ha. Wir sind zurück, meine Junge! Das ist aber kein Grund zur Trauer. Du warst sehr großzügig, und wir werden es schon schaffen – wie immer. Was können ein paar Pfund zwischen

uns schon ändern? Nichts. Weniger als nichts. Die Treets werden wieder auf der Bühne stehen.«

Ich ritt an der Spitze einer Geisterarmee nach Fulking zurück: hinter mir Oberst Argwohn, Hauptmann Mißtrauen und Feldwebel Zweifel. Der Boden unter mir schien zu wanken. Auch der gewaltigste Luzifer-Rauch, und wäre er so dick wie Strickwolle, hätte daran nichts ändern können. Mr. Treet hatte sich als genauso unzuverlässig erwiesen wie mein Onkel im Wäldchen. Er hatte sich verändert, zog ziellos umher und trieb nun mit den anderen im Finstern.

Edward Treets Worte verfolgten mich. Der Auftraggeber – er mußte gefunden und zur Rede gestellt werden, denn seine finsteren Machenschaften zogen alle in ihren Bann. Wenn es nicht mein Onkel war, dann traf den Auftraggeber die Schuld dafür, daß aus einem vom Pech verfolgten Mann ein Ungeheuer geworden war. Ähnliches galt für meinen Vetter, denn er war dann durch die Ränke des Aufttraggebers von einem harmlosen, übellaunigen Jungen zu einem hinterhältigen, gefährlichen Lumpen geworden. Und aus Mr. Treet, meinem Mr. Treet, einem großartigen Genie, hatte er einen Schmarotzer mit völlig undurchsichtigen Absichten gemacht.

Oh, diese geheimnisvolle Bestie hatte viele, sehr viele Fragen zu beantworten. Aber wessen Stimme war es, die die Antworten geben mußte?

»Nun, Neffe, hast du die Pistole gebraucht?«

Mein Onkel! Er stand am Wegrand, im Schatten der Bäume. Ich fragte mich, ob er Wurzeln geschlagen hatte, denn er schien sich, seit ich ihn verlassen hatte, nicht von der Stelle gerührt zu haben.

Ich schüttelte den Kopf. Straßenräuber und Diebe schienen einen Feiertag eingelegt zu haben und in die Kirche gegangen zu sein, obwohl Mittwoch war.

»Hast du deinem Freund das Geld gegeben?«

Ich weigerte mich, darauf zu antworten, weil es ihn nichts anging.

»Er ist also nicht gefahren«, sagte mein Onkel scharfsinnig. »Nun, es tut mir leid, daß du enttäuscht worden bist. Ein

Spion im eigenen Lager ist schwerer zu besiegen als ein Regiment auf dem Schlachtfeld. Mein Beileid, Neffe.«

Er seufzte. »Aber ich habe hier nicht gewartet, um das zu erfahren. Ich möchte, daß wir die Pistolen wieder tauschen, Kind, denn du hast mit dieser Pistole hier das Haus verlassen. Wenn du mit einer anderen wieder zurückkommst, könnte das vielleicht allzu großes Aufsehen erregen.«

Wir tauschten die Waffen, und ich sah jetzt deutlich die Beschädigung am Lauf der Pistole, die Joseph mir gegeben hatte. Schweigend gingen wir auseinander: Er verschwand im Wald, und ich ritt weiter.

Nach etwa zwanzig Metern hatte ich jedoch das Gefühl, daß er mir folgte. Ich hielt an und wandte mich um. Etwas, das wie ein Schatten aussah, schien rasch hinter einem Baum verschwunden und erstarrt zu sein. Ich ritt weiter. Fünf oder sechs Meter. Wieder hielt ich an und drehte mich um – nichts. Ich hörte ein paar merkwürdige Laute, aber ich konnte nichts erkennen. Mein Pferd war unruhig und bäumte sich auf. Ich hatte das Gefühl, daß alles um mich herum schwankte, als befände ich mich auf stürmischer See. Ich versuchte, mein Pferd zu beruhigen.

»Noch eine Bewegung, und ich jage Ihnen eine Kugel durch den Kopf.«

Ein Mittwochskirchgänger! Er hatte wohl die Messe vor dem Ende der Predigt verlassen. Ein Mann in dunklen, schmutzigbraunen Kleidern, maskiert, richtete eine Pistole auf mich, die so groß war wie eine Kanone. Ein leibhaftiger Mörder, direkt vor mir auf dem Weg. Als wollte es mir Ärger ersparen, stieß mein Pferd einen schrillen Warnlaut aus und begann zurückzuweichen.

»Ich habe Sie gewarnt!« Seine Pistole suchte meinen Kopf. Verzweifelt griff ich nach meiner eigenen Waffe.

Einen Augenblick lang dachte ich, er sei es gewesen, der geschossen hätte, denn das Aufblitzen und das Krachen waren unglaublich nah gewesen. Dann sah ich, wie er sich an die Kehle griff und zu Boden stürzte.

Mein Onkel kam schweißnaß zwischen den Bäumen hervorgehumpelt.

»Ich sah, wie er dir folgte. Großer Gott, es wäre fast um dich geschehen! Hast du denn vergessen, daß deine Waffe beschädigt ist? Sie hätte dich in den Hades gebracht, ohne daß er einen Finger gerührt hätte. Bei Gott, du wärst fast draufgegangen.«
Der angeschossene Mann bewegte sich und stöhnte. Es waren wenig angenehme, sprudelnde Laute, denn seine Kehle war durchschossen. Mein Onkel beugte sich nieder und zog ihm die Maske herunter: ein gemeines, verkniffenes Gesicht, das eine Maske brauchen konnte, um so mehr, als der Mann im Sterben lag.
»Nur ein Scherz – nur ein Scherz ...« murmelte er.
Einige Sekunden später war er tot. Er trug dreißig Pfund in Gold bei sich. Mein Onkel nahm das Geld an sich und sagte, ich solle nach Hause reiten und nichts davon erzählen. Er würde die Leiche begraben, im Wäldchen.

Der vermeintliche Landstreicher

Als ich nach Hause kam, erwartete mein Vater mich schon. Er hatte ein aschfahles Gesicht und zitterte. Er hatte den Schuß gehört und große Angst gehabt, daß mir ein Unglück zugestoßen wäre. Ich dachte an sein »hinkendes Herz« – ein Ausdruck von Dr. Newby – und versicherte ihm, daß mir keinerlei Gefahr gedroht hätte. Der Schuß, erklärte ich, sei von weither gekommen.
»Merkwürdig«, murmelte er, »ich hätte schwören mögen, daß es ganz in der Nähe gewesen ist. Aber Gott sei Dank kommst du gesund zurück.«
Als er das sagte, wurde mir ganz warm ums Herz. An diesem kalten Nachmittag und Abend waren seine Worte das einzige, was mich erwärmen konnte.
Angsterfüllt dachte ich an den Straßenräuber, der dreißig Pfund in seiner zerrissenen Tasche gehabt hatte. »Nur ein Scherz«, hatte er gesagt. Aber wer hatte einen so merkwür-

digen Humor? Wer setzte schon dreißig Pfund und ein Leben aufs Spiel, um jemandem ein Lachen zu entlocken? Bertram bestimmt nicht, der auf keinen Fall. Dreißig Pfund waren eine Summe, die für ihn ganz unerschwinglich war. Er hatte auch gar nicht erschrocken ausgesehen, als er mich sah, nur mürrisch, wie immer. Ich hatte ihn sogar gefragt, ob er etwas von Pistolen verstünde, und er hatte mich angestarrt, als ob ich nicht recht bei Sinnen wäre. Wenn er nicht ein besserer Schauspieler war als ich – und das schien mir unmöglich –, war er genauso unschuldig wie unangenehm.

Doch es gab jemanden, der diesen Pechvogel dafür bezahlt hatte, daß er sich mir in den Weg stellte. Er sollte mich dazu bringen, meine Pistole zu ziehen, um mir selbst eine Kugel durch den Kopf zu jagen.

Die düsteren Ereignisse begannen sich zuzuspitzen. Ich fühlte, wie ich und alle Personen in meiner Umgebung von einem Strudel gepackt und nach unten gezogen wurden – bis auf den Grund des Strudels, wo schwarz und riesig der Auftraggeber lauerte und mit einem langen, roten Löffel rührte.

Jetzt wünschte ich von ganzem Herzen, daß ich bei den Treets in Shoreham geblieben wäre, gleichgültig, wie schwach und unzuverlässig ihr Vater auch sein mochte. Denn es wird wohl jeder verstehen können, wie unerfreulich es war, nachts wach im Bett zu liegen und von dem Gedanken verfolgt zu werden, daß wahrscheinlich in demselben Haus jemand darüber nachdachte, wie er mich am besten aus dem Weg räumen könnte. Selbst der Gesundeste würde da nicht schlafen können und am Morgen wie ein bleicher, blutleerer und hohläugiger Geist aus seinem Zimmer schleichen, als ob der Mörder seine Tat schon ausgeführt hätte.

»Er sieht schlecht aus«, bemerkte Tante Dexter zufrieden. »Aber schließlich war er immer ein kränkliches Kind.«

Worauf meine Mutter mit den Achseln zuckte und keine Antwort gab. Dennoch wollte sie an jenem Morgen Dr. Newby nicht eher wieder fortlassen, als bis er versichert hatte, daß mein Zustand nicht besorgniserregend sei.

Diese Versicherung gab er auch ab, fügte aber hinzu, es würde mir nichts schaden, wenn ich mich so lange im Haus aufhielte, bis sich das Wetter gebessert hätte. Das war ein Lieblingsratschlag von ihm, denn er glaubte fest an die tückische Gefährlichkeit der nebeligen Luft. Wenn er einmal tot ist und vor das Jüngste Gericht geladen wird, bleibt er bestimmt ängstlich in seinem Sarg liegen und antwortet: »Ja, Herr, sobald sich das Wetter gebessert hat.«

Das Wetter wurde aber nicht besser, sondern nur noch schlechter. Ostwind setzte ein, der – statt die Nebel, die der Arzt so fürchtete, zu zerstreuen – Verstärkung vom Meer brachte. Über die Hügellandschaft kamen große, geisterhafte Bataillone angerollt, schmutzige Wollberge, die sich drohend am Himmel ballten und langsam herabsanken.

Dem Hauptmann ging es bestimmt nicht besonders gut in seinem Wäldchen. Ob Mrs. Montague, seine Freundin, ihm wohl ihr Haus angeboten hatte? Aber nach den neuesten Berichten, die ich gehört hatte, mußte ich vermuten, daß Mrs. Montague dazu viel zu vorsichtig war und daß der Hauptmann sich anderswo herumtrieb.

Aus dem Wirtshaus »Zum Schäfer und seinem Hund« waren nämlich Erbsen, Brot und Würste gestohlen worden, und in einem Nebengebäude hatte jemand zwei Nächte lang geschlafen. Ein Küchenmädchen, das während der Dämmerung am Wäldchen vorbeigekommen war, hatte auch eine schauerliche Gestalt zwischen den Weißbirken herumschleichen sehen. »Wie ein schmieriger Löffel«, hatte das Mädchen ihr Aussehen beschrieben.

Laut schreiend war es davongelaufen, um seine Seele zu retten – in die Spülküche, die wohl der sicherste Ort zu sein schien.

»Verfolgt ihn!« befahl der Wirt, der annahm, es handele sich um einen plündernden Landstreicher. Der Pastor war jedoch dafür, ihm die Feiertage zu gönnen und ihn erst in seinem Versteck aufzustöbern, wenn Weihnachten vorbei wäre, wohl unter dem Motto:

Gott sei mit dir, du hungernder Christ,
bis Weihnachten vorüber ist!

Doch der Vorschlag, den vermeintlichen Landstreicher zu verfolgen, fand immer mehr Anklang.
An diesem und am folgenden Tag fragte Joseph viermal nach meiner Pistole, um sie ins Waffenzimmer zurückbringen zu können. Er sagte, mein Vater achte sehr darauf, daß die Waffen sorgfältig behandelt würden. Aber es gelang mir jedesmal, ihn mit Ausreden abzuwimmeln. Wenn mein Vater den verhängnisvollen Schaden sehen würde, mußte sein »hinkendes Herz« wahrscheinlich aufhören zu schlagen.
Das Wetter blieb auch weiterhin schlecht, und am darauffolgenden Samstag fiel sogar Schneeregen, so daß ich Mitleid mit meinem Onkel hatte und beschloß, ihm einen Mantel ins Wäldchen zu bringen. Aber ein gewisses Unbehagen hielt mich von meinem Vorhaben zurück. Das Wäldchen hatte noch einen frischen Bewohner, der inzwischen wohl nicht mehr ganz so frisch war: die Leiche.
Gewiß war sie nicht tief begraben worden, denn mein Onkel hatte nichts, womit er ein Loch schaufeln konnte. Vielleicht hatte er sie nur mit Blättern zugedeckt; wahrscheinlich sogar, denn der Hauptmann ging als Soldat sicher sehr nachlässig mit Toten um. Ich aber – unter genialen Menschen aufgewachsen – war in diesen Dingen weniger gleichgültig.
Am Nachmittag wurde die Treibjagd auf den vermeintlichen Landstreicher zum zweiten Male diskutiert und auf Donnerstag festgelegt. Der Wirt war wieder bestohlen worden – jetzt fehlten eine Laterne und eine große Wurst.
»Er scheint sich für den Winter einzurichten, Mr. George«, sagte Joseph. »Aber Donnerstag wird ihm der Garaus gemacht. Sir John ist nämlich ein großer Jäger. Ob es Füchse, Rehe, Hasen oder Landstreicher sind – ihr Leben ist schon jetzt keinen roten Heller mehr wert.
Sir John glaubt übrigens, daß der Schuß, den er vor ein paar Tagen hörte, doch Ihnen galt, wenn Sie auch – wie Sie ihm versicherten – nichts davon bemerkten. Vermutlich war es diese diebische Elster, die ihn abgefeuert hat. Sir John will ihr jedenfalls keinen Pardon geben.«
Ich überlegte, ob es nicht besser wäre, meinen stehlenden

Onkel zu warnen, ihm zu sagen, daß er Gefahr liefe, getötet oder verletzt zu werden, und daß es am besten für ihn wäre, er nütze die Festtage dafür, sich aus dem Staub zu machen. Ich dachte noch einmal darüber nach und gab mich dann mit der Hoffnung zufrieden, daß seine Freundin, Mrs. Montague, ihn bereits gewarnt haben würde.

Es hörte auf zu regnen. Aber wegen des trüben Wetters wurde es schon früh dunkel, und die Sonne gab ihren Versuch auf, uns doch noch ein paar wärmende Strahlen zu senden. Dr. Newby, der dem Wetter grimmig die Stirn bot, kam noch einmal vorbei. Er hatte von der Jagd gehört und verbot meinem Vater ausdrücklich, daran teilzunehmen. Mein Vater jedoch lachte nur und fragte den Arzt, ob er noch niemals gehört hätte, daß nicht dem Jäger, sondern dem Gejagten die Hauptgefahr drohe. Dr. Newby seufzte und wandte sich mir zu.

»Mein lieber George, wenn Sie nicht die Absicht haben, sofort zu erben, dann bitten Sie Ihren Vater, nicht mit auf die Jagd zu gehen.«

Das war das erste Mal seit der Genesung meines Vaters, daß Dr. Newby sich besorgt zeigte. Ich war furchtbar erschrocken.

»Liegt er denn immer noch im Sterben?« fragte ich den Arzt an der Tür.

»Wir alle liegen im Sterben«, war die düstere Antwort.

»Ich meine, Dr. Newby, sind die Tage – gezählt?

»All unsere Tage sind gezählt.«

»Aber kennen Sie die Zahl seiner Tage?«

»Nur wenn er Donnerstag zur Jagd geht, George. Dann hat er noch drei Tage zu leben.«

»Weiß er das?«

Der Arzt starrte mich an und nickte. Mein Herz zog sich vor Qual und Mitleid zusammen. Für den häufigen Stimmungswechsel meines Vaters – manchmal eisige Kälte, manchmal grenzenlose Wärme – gab es nun eine Erklärung, nämlich die, daß ein Mann, der vom Tod gezeichnet ist, eine unruhige Seele haben muß. In der Nacht schwor ich mir, meinen Onkel unter allen Umständen dazu zu bringen, die Ge-

gend noch vor Donnerstag zu verlassen, denn ohne Jagdbeute würde es auch keine Jagd geben.
Am Morgen des Heiligen Abends kam Mrs. Montague in Begleitung Pfarrer Bennetts vorbei, um Geschenke für die Armen des Kirchspiels zu sammeln. Damit ich meine christliche Nächstenliebe beweisen konnte, gab mir meine Mutter eine Guinee.
»Gott segne Sie, junger Herr!« rief Mr. Bennett. »Das wird den Wolf von der Hüttentür fernhalten.«
Warum schaute mich Mrs. Montague so merkwürdig an? Hielt sie mich für einen Meuterer, der von den Toten auferstanden war?
»O nein, Mr. Bennet!« sagte ich zerstreut. »Das Geld ist für den Hüttenbewohner, nicht für den Wolf.«
Viel Gelächter, gezwungenes Gelächter natürlich, und merkwürdige, sogar feindliche Blicke von Mrs. Montague waren die Folge. Aber sie vermied es, mich direkt anzusprechen. Erst als sie ging, flüsterte sie mir zu: »Es ist etwas entdeckt worden. Im Wäldchen. Sie müssen hingehen.«
Mir kam sofort in den Sinn, daß sie sich wohl mit dem Herrn »Nur-ein-Scherz« an seinem versteckten Plätzchen im Wald unterhalten hatte. Ich starrte sie erschrocken an.
»Nun, junger Herr, werden Sie kommen?«
»Sobald das Wetter besser geworden ist, gnädige Frau.«
Sie blickte mich an, als ob ich verrückt geworden wäre.
»Ein schlechtes Weihnachtsfest, Mr. George«, sagte Joseph am Nachmittag zu mir und meinte das Wetter. »Das schlechteste, das ich je in diesem Hause erlebt habe. Aber ich hörte, daß es sich zur Jagd aufklären soll.«
Das Wäldchen! Ich mußte hingehen und mit dem elenden Hauptmann sprechen, um ihn von seiner Entdeckung wegzulocken, gleichgültig, was immer es auch sein mochte.
Joseph redete und redete – nur über vergangene Weihnachtsfeste. Keines von ihnen schien fröhlich gewesen zu sein, gemessen an den Ansprüchen der Treets. Doch ein so düsteres Fest wie in diesem Jahr hatte es noch nie gegeben. Selbst zur Zeit meines Großvaters, als Sir John und der Hauptmann noch junge Männer gewesen seien, habe es

keine Fröhlichkeit gegeben, berichtete Joseph eifrig, denn schon damals sei eine tiefe Feindschaft zwischen ihnen ausgebrochen. Wenn es je Liebe zwischen ihnen gegeben haben sollte, dann war sie inzwischen verhungert und so winzig, daß sie längst durch die Fußbodenritzen gefallen war.
Meine Hoffnung schwand, meinen Onkel mit seinen eigenen Worten von »Fleisch und Blut« überzeugen und ihn dadurch mit meinem Vater versöhnen zu können. Nach Josephs Erzählung zu urteilen, konnte man meinem Onkel »Fleisch und Blut« aber nur dadurch schmackhaft machen, daß man das Fleisch, wie ein Marmeladenbrot, mit Blut bestrich.
»Aber kein Weihnachtsfest war so düster wie dieses«, wiederholte Joseph mit seinem nicht zu überbietenden Galgenvogellächeln.
Ich hob mir meinen Besuch im Wäldchen für Weihnachten auf, in der Hoffnung, daß der Geist des Friedens und des guten Willens jenem Ort dann etwas von seiner Feindseligkeit genommen haben würde. Aber vorher, am Heiligabend, bekam ich noch Besuch.
»Mr. George, eine – junge Dame. Sie will nicht hereinkommen, bittet aber, mit Ihnen sprechen zu dürfen.«
Es war Miss Treet, Jane Treet. Sie machte einen Knicks.
»Miss Treet, bitte, kommen Sie herein!«
Sie lächelte und schüttelte den Kopf. Dann hob sie die Hand, und aus der Nacht kam ein Chor von umwerfender Süße.

Gott ist mit uns. Vergesset nun
den Kummer und das Leid.

Doch dann kamen sie, schienen direkt aus der Luft herbeizuschweben und nahmen ihre vertrauten Gestalten an, bis sie im Rund vor mir standen im Lichte der Portallaternen, die auf ihre singenden Augen und Lippen schienen: die geliebten, genialen Treets persönlich! Ich hätte heulen können vor Freude, denn sie waren in einem Augenblick gekommen, da ich furchtbar niedergeschlagen war. Sonderbarerweise hatte ich den sehnlichen Wunsch, daß meine Mutter an die Tür käme, um zu hören, wie die sechs Genies ihrem ehemaligen siebten Genie etwas vorsangen.

Aber keiner kam, obwohl meine Mutter von einem der oberen Fenster aus zusah, wie sie mir später erzählte, und mit verschmitztem Lächeln fügte sie hinzu, sie sei nicht heruntergekommen, weil die Treets sich dann vielleicht als unwirklich erwiesen hätten und verschwunden waren.
»Trost und Frieden! Trost und Frieden!« schmetterten sie, einer nach dem anderen und zum Schluß alle zusammen.
»Fröhliche Weihnachten, George!«
»Fröhliche Weihnachten, Hotspur! Fröhliche Weihnachten euch allen!«
»Wir haben ein Geschenk mitgebracht, Mr. Dexter«, sagte Jane Treets höflich.
Das hatte ich nicht erwartet. Sie machte wieder einen Knicks und gab mir ein kleines Päckchen.
»Nur szu, George, öffne esz bitte!«
Ich machte es vorsichtig auf – und war gerührt. Sie hatten mir etwas geschenkt, wovon ich nie geglaubt hätte, daß ich es einmal besitzen würde, und doch hatte ich es mir immer gewünscht. Weiß Gott, woher sie es hatten. Es war die prächtigste blaue Halsbinde, die ich je gesehen hatte und deren Spitze fast ein viertel Meter herabhing.
»Es wird gut zu deinem gelbgeflammten Wams passen«, sagte Jane.
Ich bat sie, mir zu erzählen, wo sie sich gerade aufhielten, damit ich ihnen Geschenke schicken könnte. Aber sie schüttelte den Kopf.
»Obwohl wir ganz in der Nähe sind, im Wirtshaus ›Zum Schäfer und seinem Hund‹, hat unser Vater uns befohlen, unter keinen Umständen etwas von Ihnen anzunehmen, da Sie uns schon so viel gegeben haben.«
»Aber Jane . . .«
»Er bittet nur um eins: Sie möchten zu ihm ins Wirtshaus kommen, sobald sie können, denn er hat Ihnen etwas sehr Wichtiges mitzuteilen.«
Ein Kälteschauer durchlief meinen Körper, und hilflos fragte ich mich, wieviel Geld Mr. Treet wohl haben wollte und warum er nicht selber kam. Noch einmal siebzig Pfund . . . Verwirrt wich ich Janes strahlenden Augen aus.

»Wann kommen Sie, Mr. Dexter? Bitte sagen Sie es, denn unser Vater wartet auf Sie.«
»Sobald das Wetter besser ist, Jane. Ich werde kommen, sobald das Wetter besser ist.«
Am Abend kamen noch zwei Nachbarn vorbei, um mit meinem Vater über die Chancen der Treibjagd am Donnerstag zu sprechen. Als sie gingen, lächelte er mir zu und sagte: »Nun, Junge, am Donnerstag wollen wir sehen, ob ich dir genausoviel beibringen kann wie Mr. Treet. Er hat aus dir einen Mann gemacht. Ich mache aus dir einen Edelmann, hm, oder ich werde bei dem Versuch sterben. Ich mache mir nämlich Sorgen, große Sorgen, Junge. Das ist Dr. Newbys Schuld. Er geistert an diesem Weihnachtsfest wie ein finsteres Gespenst umher. Aber lassen wir das. Wir wollen fröhlich sein, Junge, nicht so niedergeschlagen. Denn das einzig Tragische ist das Wetter, und das soll besser werden.«

Mein großer Auftritt

Das Wetter wurde besser. Der Wind hatte sich in der Nacht gedreht, und die schweren Meeresnebel waren auf dem Rückzug. Am Morgen war der Blick von meinem Fenster aus klarer, als ich es je erlebt hatte, seit ich in diesem Hause war.
Aber der Wetterwechsel war zu spät gekommen, denn die geladenen Weihnachtsgäste hatten bereits alle wegen des trüben Wetters abgesagt, so daß wir mit einem Haus voller Wein, Pasteten, Wildbraten und Kuchen allein dastanden und soviel Suppe hatten, daß ein Soldat darin hätte baden können. Eine riesige Suppenterrine, die in der großen Halle auf ein Büfett gehoben worden war, dampfte kläglich und schickte ihre Düfte die Wand hinauf, zu einem der gemalten Märtyrer, als wolle sie diesem mißhandelten Mann neue Qualen zufügen.
Aber dann, noch am Morgen, schickten die freundlichen

Rumbolds einen Diener zu uns, der ausrichtete, daß sie glücklich wären, wenn sie Lady Dexter am Nachmittag ihre Aufwartung machen könnten.

Diese neue Aussicht auf Weihnachtsgäste schien das ganze Haus förmlich auf den Kopf zu stellen, und man sah der Ankunft der Rumbolds, die normalerweise keineswegs zu den bedeutendsten Gästen gezählt hätten, mit großer Freude und Aufregung entgegen. Selbst die drohende Donnerstagsjagd mit all ihren dunklen, unabsehbaren Gefahren schien an Schrecken zu verlieren, und das notwendige Zusammentreffen mit meinem Onkel im Wäldchen verschob ich auf einen Zeitpunkt nach dem Besuch der Rumbolds.

Die einzige unangenehme Folge dieser neuen Verabredung war, daß ich an jenem Morgen daran gehindert wurde, den Treets Geschenke ins Wirtshaus zu bringen. Meine Mutter bat mich nämlich, im Haus zu bleiben, aus Furcht, die Gäste könnten vielleicht vor der verabredeten Zeit kommen. Ein wenig traurig dachte ich darüber nach, was für Geschenke der mittellose Mr. Treet seiner hoffnungsvollen Nachkommenschaft wohl machen würde. Nicht, daß er je in Verlegenheit gewesen wäre! Für die weiblichen Treets hatten sich immer alte Schmuckstücke von Mrs. Treet gefunden, und wir anderen sahen uns durch seine nie versagende, großartige Phantasie genug beschenkt.

Ich lächelte bei dem Gedanken an das Geschenk, das er einmal Edward, dem Historiker gemacht hatte. Er hatte ihm nämlich eine alte Weinflasche mit drei oder vier nassen, seidigen Haaren darin überreicht und geschworen, Wein und Haare würden aus jenem Faß stammen, in das die Mörder des Herzogs von Clarence ihr Opfer nach der Tat geworfen hatten, wie es auch Shakespeare in seinem Drama »Richard III.«, 1. Akt, 4. Szene, beschreibt:

> Oh, blut'ge Tat, verzweiflungsvoll verübt!
> Gern, wie Pilatus, wüsch' ich meine Hände
> von diesem höchst verruchten sünd'gen Mord.

Das spricht der zweite Mörder. Oh, Mr. Treet hatte eine seltene Gabe für Gaben!

Aber das hatte auch meine Mutter, die mir einen schönen Amethystring mit Siegelprägung geschenkt hatte, auf dem die Zeichen »G. D.« eingraviert waren. Nur mein Vater hatte eine etwas unglückliche Hand gehabt. Er schien – mehr als jeder andere von uns – das ständige Opfer des Auftraggebers zu sein, der seine Handlungen raffiniert zu beeinflussen wußte und sein Herz aushöhlte. Mit der besten Absicht auf der Welt hatte er mir das Schlimmste auf der Welt gegeben. Durch Joseph bat er mich, die schön ziselierte Pistole entgegenzunehmen, in die ich so vernarrt gewesen sei, daß ich mich nicht von ihr hätte trennen wollen.

Er wünschte mir, daß ich sie erfolgreich gebrauche – morgen, auf der Jagd!

Doch ich fühlte mich durch dieses unglückselige Geschenk mehr zu ihm hingezogen, als wenn er mir eine neue Kutsche und eine scheckige Stute geschenkt hätte, denn es war ein Beweis seines freundlichen Verständnisses. Er hatte sich wohl bemüht, herauszufinden, wofür sich sein Sohn besonders interessierte. Wahrscheinlich hatte er Joseph gefragt, und dieser mußte ihm erzählt haben, daß mir von allen Dingen die geliehene Pistole am liebsten sei, denn ich hätte mich viermal geweigert, sie ihm zurückzugeben.

Dieses ungeahnt schreckliche Geschenk – die stumme Einladung, mir eine Kugel durch den Kopf zu jagen – war das Grausigste, was sich der Auftraggeber bisher ausgedacht hatte, und es erfüllte mich mit Wut, die sich erst wieder legte, als die Rumbolds kamen.

Denn nach den Treets waren es die Rumbolds, über deren Besuch ich mich am meisten freute. Sie stiegen lärmend aus ihrer Kutsche und kamen so laut ins Haus gestürzt, daß es sich anhörte, als wäre eine ganze Armee im Anmarsch. Die Rumbold-Kinder waren in einem Zustand höchster Erregung, weil ihnen auf der Fahrt Gott weiß was für Wunder, Süßigkeiten und Geschenke versprochen worden waren, damit sie die Kutsche durch ihre Sprünge nicht umwarfen.

»Oh, gnädige Frau«, keuchte Mrs. Rumbold, als ihr der Mantel abgenommen wurde und sich darunter ihr Kleid wie ein Kohlkopf entfaltete, »ich hoffe, daß Sir John den Krach nicht übelnimmt. Aber die Kinder freuten sich so sehr über diesen Besuch, nachdem wir uns doch noch entschlossen hatten zu kommen, daß die Fahrt ein einziger Schrecken war.«

»Wie geht es Ihnen, gnädige Frau?« Sie meinte meine Tante, die ihr Korsett so eng geschnürt hatte, daß es wie ein neues Pferdegeschirr quietschte.

Dann schüttelte Mr. Rumbold mir und meinen Vettern aus Newgate die Hand und wandte sich mit einem Seufzer der Erleichterung meinem Vater und Dr. Newby zu, während sich seine völlig erschöpfte Frau mit den Kinder beschäftigte, die, so versicherte sie, bestimmt das Haus niederreißen würden, wenn sie nicht ununterbrochen beobachtet und ausgeschimpft würden. Aber es waren weniger ihr Gerenne durch die Halle und ihre Schläge gegen die große Terrine – als sie entdeckten, daß das einen tollen Lärm hervorrief –, was das Haus zum Beben brachte, als vielmehr ihr Tanzen.

Unser Hausmeister spielte Cembalo, und die Rumbold-Kinder bumsten und donnerten mit dem Lärm von hundert Kanonen durch den Raum. Alles, was in der Halle nur irgendwie beweglich war, klapperte und schaukelte bei ihrem Gestampfe aufgeregt mit. Sogar die Dexter aus Newgate, so schwerfällig sie auch waren, bewegten sich im Vergleich dazu fast wie Italiener. Auch Mrs. Montague, die als erste gekommen war, in festlichem Schwarz, hatte sich zusammen mit Edmund Dexter erhoben und tanzte wie ein dicker Klumpen Distelwolle.

Also mußte ich mich wohl auch beteiligen. Ich forderte meine Mutter auf, die sich – sobald sie ihre erste Ungeschicklichkeit und Steifheit vom langen Nichttanzen abgestreift hatte – mit einer wirklich wunderbaren Geschmeidigkeit bewegte. Sie tanzte noch viel besser als Jane Treet, da sie in all ihren Bewegungen eine natürliche Anmut besaß, so daß ich gern zurückgetreten wäre, um ihr bewundernd zuzusehen. Aber ich war entschlossen, es ihr gleichzutun, und da sie sich so sicher im Rhythmus der Musik bewegte, konnte ich meine Schritte verdoppeln, ja sogar kleine Sprünge ausführen, ohne daß es mir die geringsten Schwierigkeiten bereitet hätte.

»Vagabund«, hörte ich Bertram Dexter murmeln, der Füße wie Monumente hatte und mit meiner Tante vorbeigetrampelt kam. Ein- oder zweimal versuchte ich, die Aufmerksamkeit meines Vaters auf mich zu lenken, aber er schien ganz von Dr. Newby in Anspruch genommen zu sein, und so entgingen ihm meine besten Sprünge.

Aber mehr noch als über das Tanzen freute ich mich darüber, daß die Rumbolds ganz entzückt waren, mich wiederzusehen. Denn in ihrer Erinnerung hatte die kleine Vorstellung, die ich in ihrem Salon gegeben hatte, einen so großartigen Charakter angenommen, daß sie von nichts anderem mehr sprachen.

Sie zeigten offen ihre Bewunderung für mich und erzählten jedem davon, auf den sie trafen: Mrs. Montague, den Dexter aus Newgate – die ihren Bericht, mit Ausnahme von Bertram, erstaunlich wohlwollend aufnahmen –, Dr. Newby, der interessiert zuhörte, meiner Mutter, die sie daran erinnerte, daß sie Bescheid wüßte – und meinem Vater.

»Haben Sie George Dexter als Prinz Hal gesehen?«

»Oder als Marc Anton?«

»Haben Sie ihn als Othello gesehen? Wie er stirbt?«

»Sie haben da einen richtigen Davy Garrick in der Familie«, sagte Mr. Rumbold zu meinem Vater, der, als der Name dieses berühmten englischen Schauspielers fiel, nur die Augenbrauen hochzog und nickte. Ich hatte den Eindruck, er glaubte, Mr. Rumbold lobe mich nur aus Höflichkeit ihm gegenüber, denn er hatte doch zu jener Zeit noch keine richtige Vorstellung von meinem Talent.

Wenn ich es einmal so nennen darf, die Rumbolds waren meine Sklaven, und die Kinder folgten mir überallhin, um neue Geschichten über meine Abenteuer während meines Lebens mit den Treets zu hören. Selbst wenn ich nur unbedeutende Kleinigkeiten erzählt hatte, eilten sie fort und erzählten sie weiter.

»Aber Ihre schönen Kleider!« rief Mrs. Rumbold. »Was ist

aus ihnen geworden? Wir haben uns alle darauf gefreut, die Kinder genauso wie ich.«
»Ja wirklich!« schrien die kleinen Rumbolds. »Bitte, spielen Sie noch einmal den Prinzen. Es ist doch Weihnachten.«
»Ja, sie haben recht, junger Mann«, fiel Mr. Rumbold ein, »wir haben darauf gehofft. Denn wirklich, Sir John, Mylady: Es ist weiß Gott eine Schande, ein so prächtiges Juwel im Dunkeln versteckt zu halten.«
Ich kann kaum sagen, wie glücklich ich über diese Worte war. Auch konnte ich es fast nicht glauben, daß diese guten Leute eine solche Wandlung durchgemacht haben sollten. In meiner freudigen Erregung hatte ich den Eindruck, daß sich sogar Bertram bemühte, liebenswürdig auszusehen.
Ich entschuldigte mich hastig und eilte in mein Zimmer zu der Truhe – oh, ich hatte immer gewußt, daß dieser Augenblick kommen würde! Da waren sie, meine wundervollen Kleider: der grüne Umhang von König Charles – Othellos gelbgeflammtes Wams mit der prächtigen Silberspitze – die Strümpfe mit ihren goldfadendurchwebten Verzierungen – die weiße Seidenhose – die Schuhe mit den roten Absätzen, die der Marschall von Frankreich getragen hatte – die großartige holländische Perücke mit ihren beiden Zöpfen und der schwarzen Schleife und endlich die prächtige blaue Halsbinde mit dem breiten Spitzenrand.
Geschwind zog ich meine langweiligen Kleider aus und schlüpfte in meine alte Pracht, bis ich leuchtete wie die aufgehende Sonne. Bis zu den Spitzen meiner Finger, die ganz rosig geschrubbt waren, gab es nichts an mir, das nicht vornehm und königlich ausgesehen hätte.
Dann schritt ich die Treppen hinab, direkt in die große Halle, und rief wie Marc Anton in Shakespeares Julius Cäsar: »Freunde, Römer, Landsleute, so hört mich doch an!«
Da freuten sie sich und klatschten Beifall. Dieses Mal, da sie mich wohlwollend empfingen, wollte ich ihnen eine Vorstellung geben, die sie nie mehr vergessen würden: Komödie, Tragödie, Drama und Leidenschaft! Nicht nur Bruchstücke, sondern ganze Szenen, denn die besten Stücke

sind nicht für einzelne Schauspieler geschrieben, sondern verlangen Partner. So übernahm ich alle Rollen, sprang einmal hierhin, einmal dorthin, verwandelte meine Stimme, meine Gestalt, meine ganze Person, um einmal diesen, einmal jenen darzustellen.

Ab und zu beobachtete ich mit einem kurzen zufriedenen Blick meine Mutter, die ganz gebannt saß. Dann sah ich stolz zu meinem Vater hinüber, dessen Blick ununterbrochen auf mir ruhte.

»Feldherr Othello! Feldherr Othello!« schrien die Rumbold-Kinder nach jeder Szene, denn meine Othello-Darbietung hatte den tiefsten Eindruck auf sie gemacht. So bat ich schließlich, um auch das Ende meiner Aufführung anzuzeigen, um ein Obstmesser und begann, jenen gewaltigen Abschied vorzuführen, in dem die mächtigsten Leidenschaften des Universums emporlodern, aufflackern und ersterben.

Noch einmal zitierte ich Shakespeare, den hochverehrten Meister:

> Ich küßte dich,
> Eh' ich dir Tod gab – nun sei dies der Schluß:
> Mich selber tötend, sterb' ich so im Kuß.

Ich schwankte, sank, erhob mich noch einmal schwerfällig – schien auf etwas Kostbares zuzukriechen – stöhnte auf und starb.

Stille. Absolute Stille. Sekundenlang wagte ich nicht, mich zu regen, um den Bann nicht zu brechen. Mein Kopf lag auf dem Ärmel meines Wamses, und ich konnte nichts sehen.

Bis heute erinnere ich mich noch an den harten Rand der Spitze, der sich in mein Gesicht eingrub.

Dann hörte ich, wie jemand zu klatschen begann – laut, langsam, gleichmäßig. Ich blickte auf. Alle starrten meinen Vater an. Er war aufgestanden und klatschte, aber ohne die geringste Freude. Sein Gesicht war bleich, beinahe grau, so daß ich befürchtete, sein Herz würde aussetzen.

»Ein Abschied, bei Gott!« sagte er und versuchte zu lachen. Doch es mißlang. Dann starrte er alle der Reihe nach an,

vermied es aber, mich anzusehen, als ob ihm mein Anblick – wie ich da halb auf der angenommenen Bühne kniete – äußerst peinlich wäre.
Er sagte – ich kann seine Worte nicht genau wiederholen, weil ich mich plötzlich elend und beschämt fühlte –, er sagte – und ich glaube, er versuchte dabei, seinen Zorn zu verbergen –, er sagte, daß man mir angesichts meiner Erziehung vieles verzeihen müsse und daß sie meine Auffassung von dem, was sich ziemt, nach anderen Maßstäben beurteilen sollten.
»Gute Freunde, was auf den Brettern einer Bühne erhaben erscheint, ist aus der Nähe betrachtet, wie wir es eben sahen, grob, gewöhnlich und lächerlich. Deshalb urteilen Sie nicht zu streng über ihn. Er wußte es nicht besser. Aber nun weiß er es, und es verletzt mich, ihn in Ihren Augen so verletzt zu sehen. Lassen wir, lassen wir also seine unglückliche Vergangenheit sterben, im Kuß, wie er sagt. Komm zu mir, Junge!«
Entsetzlich beschämt und völlig verwirrt stand ich auf.
Plötzlich erhob sich meine Mutter in ihrem raschelnden Seidenkleid und kam auf mich zu: »Nun sei dies der Schluß«, murmelte sie, beugte sich zu mir herab und küßte mich auf die Stirn.
Ich sah, wie mein Vater meine Mutter einen Augenblick lang erstaunt anblickte. Das einzige Gesicht, an das ich mich außerdem noch erinnern kann, ist das von Bertram Dexter. Seine Lippen bewegten sich und formten das Wort »Vagabund«. In meinem ganzen Leben habe ich noch nie jemanden gesehen, der sich so satanisch freuen konnte.
Irgendwie – ich weiß nicht mehr, ob mich jemand dazu aufforderte oder ob ich es aus eigenem Antrieb tat – gelangte ich in mein Zimmer hinauf und legte meine glänzenden Kleider ab, um sie in ihren Sarg zu legen.
Dann ging ich wieder hinunter und war erleichtert, als ich sah, daß die Rumbolds und Mrs. Montague gegangen waren. Auch die Gefängnis-Dexter waren nicht zu sehen. Nur mein Vater saß noch auf seinem Platz und sah unglaublich alt und müde aus.

»Es tut mir leid«, sagte ich.
Er schüttelte den Kopf. »Ich weiß, es tut uns beiden leid. Aber wir müssen es vergessen. Wir müssen diesen Tag vergessen.« Er seufzte. Zu meiner Überraschung streckte er mir die Hand entgegen und murmelte: »Abgemacht, Junge?«
»Abgemacht, Vater.«
»Dann ist die Vergangenheit tot. Jetzt zählt nur noch der morgige Tag. Morgen, Junge, die Jagd. Das ist es, worauf wir ungeduldig warten, nicht wahr?«
In diesem Augenblick sprang Dr. Newby auf. Er hatte auf einem Stuhl mit einer hohen Rückenlehne gesessen und war daher während der ganzen Zeit nicht zu sehen gewesen.
»Ich habe Sie gewarnt, Sir John!« erklärte er. »Ich übernehme keinerlei Verantwortung dafür . . .«
»Wem gegenüber sollten Sie sich auch verantworten, Doktor?« fragte mein Vater leidenschaftlich. »Wenn mir jegliche Freude und jegliche Unternehmungslust verwehrt sind, dann ist mein Leben auch nicht mehr lebenswert.«
Er wandte sich mir zu: »Junge, freu dich auf die Jagd. Wir beide – morgen.«

Das Grab im Birkenwäldchen

Mein Haß auf den Auftraggeber war inzwischen grenzenlos geworden, denn alles Unheil, alles Elend und auch diese widerliche Menschenjagd morgen waren nur die Folge seiner Tat, seines vor dreizehn Jahren begangenen Verbrechens: eine düstere Blume, die jetzt in voller Blüte stand.
Kurz nach vier Uhr, als die Sonne in üppigem Rot unterging und tiefschwarze Schatten auf die Terrasse und die Auffahrt warf, ging ich ins Wäldchen. Finstere Ahnungen und Vermutungen beschäftigten mich, von denen der Gedanke an das bevorstehende Treffen mit dem schäbigen Gesellen im Wald noch der harmloseste war.
Die Aussicht, ein Edelmann zu werden, erschien mir so reiz-

voll wie heute das Wetter, das bitterkalt war. Dennoch hoffte ich, ich würde, wie eine Schlange, eine neue Haut bekommen und im Laufe der nächsten Jahre genauso kühl werden wie die anderen Dexter in ihren vergoldenen Rahmen – und starren und lächeln und wieder starren. Die Pracht und die Torheit meines vergangenen Lebens erschienen mir so fern wie die Sonne selber, die gerade zwischen zwei Berge gerutscht war und einem Stück Abfall glich, wie es beim Münzenprägen entsteht.

Aber konnte ich wirklich annehmen, die Rumbolds seien unaufrichtig gewesen, als sie meine Aufführung bewunderten? Eine schwache Hoffnung begann sich in mir zu regen, daß ich irgendwann einmal – wenn ich all die Fähigkeiten besaß, die man von mir verlangte, und mein Vater endlich zufrieden mit mir war – die Truhe wieder öffnen, meine glänzenden Kleider anziehen und meinem Vater zeigen durfte, daß ich mehr als nur Sprüche aufsagen konnte. Aber in der Zwischenzeit würde ich niemals vergessen, daß ein Edelmann sein Inneres nicht zur Schau trägt. Er wickelt es ein und verstaut es tief in einer alten Eichentruhe.

Ich blickte noch einmal zum Haus zurück, das sich nun massig und schwarz gegen den fleckigen, blutenden Himmel abhob. Trotz seiner Größe sah es mit seinen Lampen, die hier und dort hinter den Fensterscheiben aufflackerten, keineswegs erhaben, sondern irgendwie schäbig aus.

Ich muß tief in Gedanken versunken gewesen sein, denn ich hatte nicht gehört, daß sich eine Kutsche näherte. Erst als sie unmittelbar vor mir auftauchte, sprang ich mit einem Schreckensruf zur Seite – und sie ratterte vorbei.

Es war eine fast würfelförmige Kutsche, von jener Bauart, die niemals ganz aus der Mode gekommen ist, weil sie niemals ganz modern war. Eine Landkutsche war es nicht, denn dafür fuhr sie viel zu schnell. Was für ein eiliger Auftrag mochte es sein, der die Kutsche so spät am Weihnachtstag hierher führte? Von dem Fahrgast konnte ich nicht viel erkennen, außer einer leblosen, weißen Hand auf dem Fensterrahmen. Vielleicht war es ein Reisender, der seinen Weg verloren hatte? Aber warum war er dann nicht im Wirtshaus geblieben, an dem er doch vorbeigekommen war? Nein, das konnte kein verirrter Reisender sein. Beunruhigt fragte ich mich, ob ich da nicht noch einem Anschlag auf mein Leben entgangen war.

»George! George! Nun siehst du noch mehr Schurken als Joseph«, versuchte ich mich zu beruhigen. »Ein verirrter Reisender, das ist alles. Er muß das Wirtshaus verfehlt haben.« Ich zuckte mit den Achseln und betrat das Wäldchen.

»Wer – sind – Sie?« Mit diesen wunderlich anmutenden Worten trat Mrs. Montague in einen Schal gewickelt auf die Lichtung. Das Tageslicht war fast erloschen, und die gestohlene Laterne brannte aus Sparsamkeit auf kleiner Flamme. So konnte mich Mrs. Montague nicht richtig erkennen und wiederholte: »Wer – sind – Sie?«

»Kein Geist, gnädige Frau – George Dexter.«

Mein Onkel saß auf einem Baumstumpf, und ich bemerkte voller Mitleid und Scham, daß er dem Toten den alten, braunen Umhang weggenommen und sich darin eingewickelt hatte. Er und seine Gefährtin erschienen mir plötzlich verlassen und verloren: Er hatte nichts außer den Lumpen einer Leiche, um sich warm zu halten – und sie niemanden, der ihr Gesellschaft geleistet hätte, außer ein paar armseligen Geisterstimmen.

Ich kam mir vor wie ein Rohling, wie ein Hauseigentümer und Grundbesitzer, der sich anschickte, das Elend des Hauptmanns noch dadurch zu vergrößern, daß er ihn aufforderte, sich aus dem Staub zu machen. Aber wenn er das nicht täte, würde sein Elend nur noch größer werden, das wußte ich. Während ich mir überlegte, wie ich den Schicksalsschlag, der ihn treffen sollte, mildern könnte, sagte er: »Ich habe unseren Freund von Mittwoch begraben. Du weißt . . .«

»Er hat ein Grab ausgehoben«, murmelte Mrs. Montague, »und ein anderes gefunden.«

»Ich hatte nichts, womit ich hätte graben können.« Mein Onkel wirkte schuldbewußt. »Also suchte ich eine Stelle, an der die Erde weich war.«

»Dort hatte aber bereits jemand gegraben«, sagte Mrs. Montague.

»Ich grub keinen Meter tief«, fuhr mein Onkel fort, »mit einem Messer und den bloßen Händen, in der Dunkelheit, verstehst du, und mit unserem Freund von Mittwoch an der Seite, ha-ha. Ich wie ein jämmerlicher Sappeur, wie ein gemeiner Soldat, der einen Schützengraben aushebt, und er wie ein dösender Feldwebel.«

»Und was glauben Sie, was er fand, Mr. George?« flüsterte Mrs. Montague. »Die sterblichen Überreste eines Kindes.«

Plötzlich stand mein Onkel auf, und ich hatte das furchtbare Gefühl, daß alle Bäume im Wäldchen mit ihm aufstanden und daß er mir jenes Grab mit dem Toten zeigen wollte oder, noch schlimmer, daß er darauf gekauert hatte, um die Erde festzutreten. Denn der Boden um uns herum, der in dem schwachen Laternenlicht sehr uneben wirkte, sah aus, als ob die Erde gerade erst lose aufgeschüttet worden wäre.

»Weißt du, wer das Kind war?« Eine überflüssige Frage. Die Antwort stand deutlich in Mrs. Montagues abgründigen Augen geschrieben: Das Kind war der tote kleine Edelmann.

Das Wäldchen war kalt und dunkel. Alles hier roch nach Moder und Tod. Die ewigen Nebelschleier waren fast verschwunden, und die wenigen übriggebliebenen hingen dicht über dem Boden, merkwürdig anzusehen im Laternenlicht: wie ausgehungerte Würmer, die zwischen den Wurzeln der Bäume eingegangen waren.

Mrs. Montague starrte mich an, als ob ich ihr großes Unrecht zugefügt hätte. »Die Überreste eines Kindes – eines Kindes, das nicht älter als ein Jahr war.«

»Das ist nicht sicher, Mrs. Montague«, warf mein Onkel ein.

»Haben Sie etwa plötzlich Ihre Meinung geändert, Mr. Richard? Sie und ich, wir haben lange und eingehend darüber nachgedacht.«

Ich fragte noch einmal: »Wer ist das Kind?«

»Die Frage, Mr. George, muß heißen: Wer sind Sie?«

»George Dexter.«

»Tatsächlich? Und wer liegt dann in dem Grab?«

»Nun – ich weiß es nicht.«

»Warum wurde dieses einjährige Kind heimlich begraben, Mr. George? Warum sollte sein Tod verborgen bleiben? Warum liegt es nicht auf dem Friedhof, sondern hier im Wäldchen, so nahe am Haus? Können Sie diese Frage beantworten? Oder wissen Sie vielleicht sogar mehr von dieser Sache, als Sie zugeben wollen?«
»Er ist unschuldig«, erklärte mein Onkel. »Darauf schwöre ich. Gleichgültig, wie die Wahrheit aussieht, er weiß nichts davon.«
»O mein Gott, wovon sprechen Sie? Welchen Verdacht haben Sie?« Meine Stimme klang zittrig.
»Daß Sie und der kleine Tote viel miteinander zu tun haben – bis in die Taschen hinein«, antwortete Mrs. Montague.
Sofort zog ich meine Hände aus den Manteltaschen, denn die Stimme dieser Dame klang jetzt so eisig, daß ich das Gefühl hatte, spitze Knochenhände griffen nach mir.
»Ein Kind wurde aus dem Haus gestohlen«, fuhr Mrs. Montague fort, »ein Kind, das ein Jahr alt war. Ein Kind wurde aber auch im Wäldchen gefunden, ein Kind, das wahrscheinlich auch ein Jahr alt war. Fällt Ihnen dabei nichts auf, Mr. George? Dreizehn Jahre nach der Entführung taucht plötzlich ein Junge auf und wird für das gestohlene Kind ausgegeben. Er oder vielmehr der, der ihn für das gestohlene Kind ausgibt, hat die Kleider des Kindes und außerdem noch einige andere Beweisstücke. Ist der Junge wirklich George Dexter? Vielleicht, aber die Wahrscheinlichkeit ist nicht besonders groß. Denn wer ist dann der kleine Tote? Wenn das nun George Dexter wäre – wer wären dann Sie?«
Obwohl sie leise sprach, quietsche und knirschte ihre Stimme wie eine alte Kette, bei der sich ein Glied am anderen reibt.
»Wenn nun der winzige, kränkliche George Dexter starb, als er gestohlen wurde – wenn er gar ermordet worden ist von dem Dieb – wenn er durch ein fremdes Kind ersetzt wurde, damit dieses Kind einmal das riesige Vermögen erben kann – was dann?«
Ihre Verdächtigungen waren genauso haltlos und widerwärtig wie ihr Gesicht.

»Sie meinen doch wohl nicht schon wieder Mr. Treet?«
»Wen sonst? Vielleicht hatte Mr. Treet damals einen eigenen Sohn? Vielleicht sind Sie sein Sohn, der jetzt mißbraucht wird, damit Mr. Treet immer mehr Geld verlangen kann – Geld also von dem, der in Wirklichkeit sein eigener Sohn ist. Fleisch und Blut sind starke Bande, Mr. George! Es würde mich nicht wundern, wenn sich herausstellt, daß das tote Kind, das während all der Jahre zu mir weinte und wimmerte, doch der wirkliche George Dexter ist.«
»Nein und tausendmal nein! Mr. Treet hätte niemals einer lebenden Seele etwas zuleide getan, nicht einmal einem Wirt, ganz zu schweigen von einem Baby. Dafür ist er ein viel zu großartiger Mensch. Sie sind verrückt, Mrs. Montague. Und Sie, Onkel Dexter, wären besser weit weg von hier und nähmen das tote Kind mit, damit es Ihnen Gesellschaft leistet bis ans Ende der Welt. Mr. Treet ein Mörder und Totengräber von Babys? Ich müßte darüber lachen, wenn es nicht so barbarisch und schändlich wäre.«
»Ich habe Sie gewarnt«, sagte mein Onkel müde. »Ich habe es Ihnen gesagt, gnädige Frau, daß Sie ihn mit diesem Verdacht gegen uns aufbringen.«
Er erhob sich von seinem Baumstumpf.
»Betrachte es einmal von einer anderen Seite, mein Junge. Es steckt bestimmt mehr hinter der ganzen Sache, als du oder ich oder auch diese Dame hier ahnen können. Meine Hochachtung, meinen Respekt, daß du deinen alten Freund so verteidigst. Aber vielleicht könnte Mr. Treet selber auf gewisse Fragen antworten. Das heißt nicht, daß ich den Verdacht dieser Dame teile. Ich habe meine eigenen Vermutungen.«
»Mr. Richard, ich verbiete Ihnen, davon zu sprechen!« Mrs. Montagues Stimme war schrill und schneidend.
»Nun gut, gnädige Frau, aber ich weiß, was ich weiß. Ich kann es besser beurteilen als Sie. George, laß einmal die Vergangenheit und betrachte die Gegenwart. Es gibt jemanden, der versucht, dich ins Jenseits zu befördern. Denk nur an die Pistole und unseren Freund von Mittwoch. Das war kein gewöhnlicher Straßenräuber, das schwöre ich. Warum

aber hat er das getan? Die Verdächtigungen dieser Dame geben darauf keine Antwort. Aber meine. O George, ich habe in den letzten zwölf Jahren nicht umsonst ausgestoßen und in schlechter Gesellschaft gelebt. Ich weiß, was dahintersteckt, ich weiß es.«
»Die Gesellschaft jener Leute hat Sie verwirrt, Mr. Richard, und so bitter gemacht wie eine Aloe.«
Die Kälte drang mir in die Knochen, obwohl sie immer noch wärmer war als mein Blut, das überall in mir gefroren zu sein schien. Was für Vermutungen hatte mein Onkel? Wieso konnten sie noch schrecklicher sein als Mrs. Montagues Verdächtigungen?
»Mrs. Smith«, flüsterte ich, verzweifelt nach etwas suchend, was diese beiden dämonischen Widersacher vergessen hatten. »Die Kinderfrau, sicher weiß sie etwas Genaues ...«
»Tot«, sagte Mrs. Montague, merkwürdig erfreut darüber, daß sie mir sofort Einhalt gebieten konnte.
Aber was macht es schon aus, daß sie tot ist, dachte ich. Das dürfte doch für Mrs. Montague kein Problem sein. Sie konnte doch sicher ein verstorbenes Kindermädchen beschwören, damit dieses ihr etwas ins Ohr piepste. Aber ich wagte nicht, diesen Vorschlag laut zu äußern. Statt dessen setzte ich an einer anderen Stelle an.
»Der Fremde, wer war der Fremde? Er muß doch Bescheid gewußt haben.«
»Ja, natürlich«, sagte mein Onkel. »Der Fremde. Ich glaube, er wüßte auf alles eine Antwort. Wen kennen wir, gnädige Frau, der auf alles eine Antwort geben könnte? Meine Vermutung führt hier weiter, Ihre nicht, gnädige Frau. Mein Verdacht gibt auf alles Antwort. Ich sehe deutlich, ja, ich sehe genau vor mir, was geschah und was augenblicklich geschieht und sogar, was geschehen wird. Aber verflucht! Mein Verdacht kann nichts verhindern. George, paß gut auf dich auf! Du bist in großer Gefahr, und sie droht dir von unerwarteter Seite. Du wirst dich fragen, warum ich es dir nicht erzähle. Nun, ich glaube es zwar nicht, aber es könnte vielleicht sein, daß ich mich irre. Das ist der einzige Grund und dann ...«

Er fröstelte und stand auf. »Hast du noch die Pistole?« Ich zeigte sie ihm, denn ich hatte diesen todbringenden Gegenstand immer bei mir.
»Dann gib sie mir. Nimm meine dafür mit. Du mußt dich verteidigen können, obwohl ich zu Gott bete, daß es nicht dazu kommen möge.«
Schweigend tauschten wir die Waffen. Jedenfalls glaubte ich, daß wir es taten, denn mein Gehirn bebte und drehte sich so entsetzlich, daß mir nichts mehr sicher schien – außer daß ich wünschte, die Nacht möge wärmer werden und meine beiden Gefährten in einem Loch im Boden verschwinden. Dann erinnerte ich mich, warum ich gekommen war.
»Die Jagd morgen. Man will Sie zur Strecke bringen, Onkel.«
»Nehmen denn alle an der Jagd teil, Junge?« fragte er.
»Ja.«
»Dann nimm dich in acht! Sieh nach rechts, sieh nach links, sieh hinter dich. Es könnte nämlich sein, daß nicht ich es bin, der gejagt wird.«
Als ich mich dem Haus näherte, sah ich die Kutsche, die an mir vorbeigefahren war, vor der Tür stehen. Ich war in einer solchen Verfassung, daß sie auf dem Dach hätte stehen können, ohne daß ich mich darüber gewundert hätte. Als ich noch etwa zwanzig Schritte von der Terrassentür entfernt war, öffnete sie sich. Jemand trat eilig heraus und stieg in die Kutsche. Ich sah nur seine Kleider, die im Licht der Lampe schwarz aussahen. Die Kutsche setzte sich in Bewegung, und ich sprang unwillkürlich zur Seite. Diesmal konnte ich mehr erkennen. Ich sah ein papiernes, lebloses weißes Gesicht.
Im Türeingang erwartete mich Joseph. »Mr. George, was ist mit Ihnen? Sie sind ja ganz bleich und zittern. Hoffentlich haben Sie sich keine Erkältung zugezogen.«
»Joseph! Wer war der Herr – der Herr in der Kutsche?«
»Nun, Mr. Craddock, der Rechtsanwalt.«
»Wohin fuhr er?«
»Zum Wirtshaus, Mr. George. Er wohnt zur Zeit dort.«
Ich erschauderte bis in die Tiefen meiner Seele. Der Mann in der Kutsche – es war der Fremde.

Der Auftraggeber

Ich sah ihn auf der Terrasse, kurz nach zwei Uhr nachts: Mr. Treet. Der Mond schien hell, und ich konnte ihn deutlich erkennen. Das dringende Bedürfnis, mir eine vertrauliche Mitteilung zu machen, hatte ihn aus seinem warmen Bett getrieben, und nun schlich er auf der im fahlen Mondlicht liegenden Terrasse herum. Nun brachte es Mr. Treet gar nicht fertig zu schleichen, denn er war nicht gerade schlank. Auf Zehenspitzen bewegte er sich vor und zurück, gefolgt von seinem klar umrissenen Schatten.
»Psst, George.«
Ich hörte ihn sogar durch das geschlossene Fenster. Dann erschreckte ihn wohl ein Geräusch, denn er stürzte plötzlich auf die dunkle Mauer zu. Ich bemerkte, daß er neue Schuhe mit Silberschnallen trug. Sie glänzten im Mondlicht.
Wenige Minuten später war er wieder da, diesmal leiser flüsternd, denn ich hörte nichts. Ich sah nur, wie sich seine Lippen stumm bewegten, auf und zu, wie bei einem großen Fisch. Einige Male blickte er zu den großen Fenstern hinauf. Aber der sich in den Scheiben spiegelnde Mondschein mußte mich wohl unsichtbar für ihn gemacht haben, und so verschwand er nach einer Weile wieder. Ich verspürte allerdings auch nicht das geringste Bedürfnis, mit diesem Gauner zu sprechen.
Als ich gerade ins Bett zurückgehen wollte, wurde ich Zeuge eines neuen Schauspiels. Das Wäldchen! Das Wäldchen schien zu explodieren. Auf einen orangefarbenen Blitz folgte weißer Qualm, dick wie Strickwolle. Es sah aus, als ob das ganze Wäldchen sich in mächtige Rauchwolken auflöste, die hinter jedem Baum und aus jedem Strauch hervorquollen. Merkwürdig, daß nicht das ganze Haus aufwachte und hinausstarrte. Aber das Feuerwerk spielte sich lautlos ab. Mr. Treet versuchte also, meine Aufmerksamkeit durch Luzifer-

Rauch auf sich zu lenken. Glücklicherweise waren die Bäume durch den Nebel der letzten Tage jetzt besonders feucht, so daß das Wunder der Treets allmählich schwächer wurde und erlosch.
Was mochte mein Onkel in seinem Versteck gedacht haben? Vielleicht, daß die Toten aus ihren Gräbern aufgestanden waren, voller Zorn über die Verleumdungen, die sie hatten über sich ergehen lassen müssen.
Noch sechs Stunden bis zur Jagd! Dr. Newbys Warnung ließ mir keine Ruhe. Sollte die Lebensuhr meines Vaters wirklich so bald abgelaufen sein? War er überhaupt mein Vater? Und diese kühle, blasse, ironische Dame – war sie meine Mutter? Wer konnte das wissen? Der Fremde! schoß es mir durch den Kopf.
Mr. Craddock also, doch der war ins Wirtshaus gefahren und bei Mr. Treet gewesen. Eine Verschwörung? Wer wäre geeigneter dazu als ein Rechtsanwalt. Vielleicht steckte Mr. Craddock bis zu seinem faltigen Hals in Schulden, und Mr. Treet... Was für ein übles Gebräu hatten die beiden da zusammengekocht?
Gräßliche Gedanken peinigten mich. Wenn der kleine tote Edelmann nun ein Treet-Baby war – wenn Mr. Treet den Dexter-Jungen gestohlen und sein eigenes Kind ermordet hatte, um keinen Verdacht zu erregen?
Ein unendlich quälender Gedanke. Mir schauderte vor Schrecken darüber, daß ich einen Mann, der mir immer so großartig, freundlich und gutherzig erschienen war, auch nur insgeheim einer so schrecklichen und ruchlosen Tat bezichtigen konnte. Dennoch, es gab solche Greueltaten, und es gab Menschen, die sie begingen. Solange wir jemandem keine böse Tat nachweisen können, gilt er als unschuldig. Doch wo ein Verdacht ist, muß der Beweis ihm wie ein Jagdhund auf den Fersen folgen. Wenn wir aber keinen Verdacht haben, suchen wir dann nach Beweisen? Nirgends und nie, außer vielleicht nach dem Tode. Ich glaube, die Hölle ist voll von vornehmen Leuten, worüber nur wir, die Lebenden, nicht aber sie selbst überrascht sein müssen.
Wie viele Stunden waren es noch zur Jagd?

Kommt herbei, weihnachtliche Gedanken! Wascht Mr. Treet für mich rein und macht ihn noch einmal zu dem großen stattlichen Genie, das vor Einfallsreichtum sprüht. Oder vertreibt alles aus meinem Geist und laßt mich neu beginnen. Es ist schrecklich, von so vielen so schlecht denken zu müssen, während es vielleicht nur einer von ihnen verdient. George Dexter? George Treet? Oder vielleicht keiner von beiden? Zumindest bin ich George, zum Teufel mit dem Anhang!

»Mr. George, ich soll Sie daran erinnern, daß wir um acht aufbrechen, und es ist jetzt halb acht.«

Merkwürdig, Joseph, schon? Ich hatte also geschlafen, oder nicht? Ich schwöre, ich kann mich nicht erinnern.

»Mr. George . . .«

»Ich bin wach, Joseph.«

»Ein schöner Tag, Mr. George. Das Wetter ist ganz herrlich. Es ist kaum neblig draußen, nicht einmal ein Hase könnte sich jetzt im Wäldchen verstecken, ganz zu schweigen von einem gefährlichen Landstreicher.«

Das Frühstück bestand aus Bier, Wurst, Pasteten und einem kleinen Glas Branntwein als Schutz gegen die Kälte. Dann gab es noch ein Gläschen, um das erste zu beruhigen, das mit der Wurst in Konflikt geraten war und keine Ruhe gab.

»Ich wünsche dir einen angenehmen Morgen, George, falls du überhaupt an Dingen wie dieser Jagd Freude hast.«

Meine Mutter war gekommen – wenn sie meine Mutter war, wenn nicht, Lady Dexter, die sehr besorgt aussah.

»So blaß? Hast du etwa Fieber?« Sie legte mir die Hand auf die Stirn. »Nein, kalt, ganz kalt. Aber sei vorsichtig, George. Mach mir keinen Kummer, und komm ja nicht verletzt und erkältet zurück, denn ich kann Kummer nicht ertragen.«

»Ja, tatsächlich. Er sieht krank aus, gnädige Frau, bleich wie ein gepelltes Ei.« Das war meine Tante – falls sie meine Tante war, wenn nicht, dann eben Mrs. Dexter, die aus dem Gefängnis gekommen und überhaupt keine Verwandte war.

»Ist er fertig, Mylady? Aha, er macht uns Ehre. Er ist nicht so, hm, prächtig wie gestern, aber doch gut genug angezogen. Passend gekleidet, um zu töten, nicht wahr, gnädige Frau? Komm, Junge, gehen wir.«

Mein Vater – wenn er mein Vater war, wenn nicht, der große Sir John Dexter, der in einen stattlichen Umhang gehüllt und sehr erregt war. Schließlich war er fast ein ganzes Jahr nicht mehr auf Jagd gewesen. Er sah aber so froh und lebendig aus, daß ich sicher war, Dr. Newby hatte sich geirrt. Aber in diesem Augenblick tauchte am Ellbogen meines Vaters das Gesicht des Arztes auf wie ein kleiner, pausbäckiger Engel auf alten Bildern, der sorgenvoll auf eine arme Seele schaut.

Wir wollten uns mit den Nachbarn auf der anderen Seite des Wäldchens treffen. Doch noch bevor wir mit diesen zusammentrafen, wollten wir das Wäldchen von unserer Seite aus durchsuchen. Mein Vater wollte nicht, daß dieser alte, mit besonderen Erinnerungen verbundene Ort sich in einen gewöhnlichen Trampelboden verwandelte. Wir wurden ermahnt, daran zu denken, daß unser Wild nicht nur ein Landstreicher, sondern vielleicht sogar ein Mörder sein könnte. Doch sollten wir nur auf die Beine zielen und nicht auf seinen Kopf oder sein Herz, denn auch er sei ein Mensch, hieß es, und kein Tier.

»Sie sollen also sorgfältig schießen, Mr. George«, sagte Joseph, »und so müssen Sie zielen.« Dabei hob er seine rechte Hand, als ob er eine Pistole vor sein Gesicht hielte, so daß das Auge genau auf die Stelle blickte, an der der Hahn saß. »Das sollte ich Ihnen sagen, Mr. George.«

Ich dankte ihm. Das war ein hinterhältiger Rat für den, der die beschädigte Waffe besaß. Da eigentlich ich es war, der diese Pistole hätte benutzen sollen, wäre mein Kopf, wenn ich abgedrückt hätte, wie in einem blutigen Schneesturm durch die Luft gewirbelt.

Joseph war verschwunden, bevor ich ihn fragen konnte, wer ihm den Auftrag gegeben hatte, mir den Gebrauch der Pistole so zu erklären. Wir kamen uns allmählich näher – der Auftraggeber und ich.

Wir standen auf der Terrasse – die drei Gefängnis-Dexter, mein Vater und ich. Dr. Newby wollte nicht mitkommen,

obwohl er gebeten worden war. Die Sonne glänzte, der Himmel war winterblau und wolkenlos. Doch das Wetter schien sich für Dr. Newby noch nicht genug gebessert zu haben. Er wollte sich nicht in das Wäldchen wagen, denn seiner Meinung nach gab es dort viele Tücken, die sich noch als verhängnisvoll erweisen könnten.
Um acht Uhr verließen wir die Terrasse und gingen über den Rasen, wobei wir uns in einer langen Linie formierten – eine Dexter-Harke mit fünf Zinken. Ich fragte mich, ob mein Onkel wohl beobachtete, wie sein Bruder, sein Neffe und seine drei Söhne sich darauf vorbereiteten, ihn zum Krüppel zu machen.
Mein Vater machte Bertram ein Zeichen, daß er größeren Abstand halten und die vereinbarte Entfernung beachten sollte, denn dieser finstere Junge zeigte die Neigung, sich möglichst in unserer Nähe aufzuhalten, als ob er ängstlich wäre, in das Wäldchen vorzustoßen.
Im Schatten der Bäume schlug uns Kälte entgegen. Ich sah, wie mein Vater fröstelte, und rief ihm zu, er solle seinen Mantel zuknöpfen, der lose um ihn herumflatterte wie ein Paar großer, gebrochener Flügel.
»Blick nach vorn, Junge, und sieh nicht nach mir.«
Das erinnerte mich an die Worte meines Onkels: »Sieh nach rechts, sieh nach links, sieh hinter dich.« Was war hinter mir? Das Haus, die Terrasse, eine Gruppe von Dienern, die uns zuwinkten, meine Mutter und meine Tante. Mein Magen begann plötzlich wieder zu brodeln wie ein großer Hexenkessel. War ich beim Frühstück vergiftet worden?
»Blick nach vorn, Junge!« rief mein Vater, denn wir betraten nun den Wald. »Wir suchen keinen harmlosen Landstreicher, hier läuft ein Mörder frei herum. Denk an den Schuß, den du vor ein paar Tagen gehört hast. Sieh dich vor!«
Die Luft war erfüllt von dem feuchten, modrigen Geruch verfaulten Laubes. Die Sonne, die durch die dürren Gerippe der Zweige fiel, zeichnete ein scharf umrissenes, schwarzes Netz in den Wald, das auf sonderbare Weise alle Bewegungen zu erschweren schien, obwohl es nicht wirklich vorhanden war.

Ich sah nach rechts, dann nach links: nichts. Nur die dicht nebeneinander stehenden Stämme der Birken, zwischen denen hier und dort Farne wuchsen, waren meine Gefährten. Die übrigen Dexter hörte ich zwar, aber sehen konnte ich keinen von ihnen.

Die Übelkeit, die mich befallen hatte, nachdem ich den Branntwein getrunken hatte, kam und ging wie ein Gerichtsvollzieher, der meine lebenswichtigen Organe in Verwahrung genommen hatte. Entweder Gift oder Angst.

Plötzlich sah ich links von mir Bertram, der sich eifrig vorwärts arbeitete. Was wollte er so nah bei mir? Er sah mich und wurde sofort ganz grau vor Schreck. Warum? Ich bemerkte jetzt, daß meine Pistolenmündung auf ihn zeigte. Wütend starrte er sie an. Dann stolperte er davon, und bald konnte ich ihn nicht mehr sehen.

Ich wartete – fünf Minuten, zehn Minuten. Dann ging ich weiter, so durchfroren, verlassen und gehetzt, wie es gewiß noch nie ein Vierzehnjähriger gewesen war und auch ich es vielleicht bald nicht mehr sein würde. Ich beobachtete das Unterholz, die Zweige und das unheimliche Schwarz zwischen den Bäumen, das wie ein riesiger, hungrig lauernder Rachen auf mich zu warten schien. Ich gebe zu, ich hatte Angst, große Angst, denn ich suchte keinen Landstreicher, ich suchte den Auftraggeber.

»Mrs. Montague«, hauchte ich. »Wenn heute der Teufel befiehlt – nun gut, ich komme. Aber ich warne Sie. Ich werde ein langweiliger Geist sein, denn ich habe eine ganze Menge Schlaf nachzuholen, und wenn ich unter der Erde bin, werde ich mindestens ein Jahr lang schlafen, nur schlafen.«

»Psst, George!«

Rechts von mir: die beleibte, jetzt drohend aussehende Gestalt von Mr. Treet. Was hatte er hier zu suchen? Sein Mantel war zerrissen, seine Perücke hatte sich verschoben, und sein Gesicht war zerkratzt. Aber seine Augen glitzerten. Mir war, als sähe ich ihn vor einem Hintergrund von Verrat, Habsucht und Betrügerei. »Schuft«, zischte ich finster und ließ ihn stehen.

»George, George, warte doch!«

Ich hörte, wie er mir folgte. Aber dann schien er eine falsche Richtung eingeschlagen zu haben, denn seine kläglichen Rufe wurden leiser. Ich hielt einen Augenblick inne. Wieder hörte ich Geräusche, diesmal vor mir. Ich ging weiter und näherte mich lautlos und unbemerkt einer schrecklichen Szene:

»Du scheußliche, niederträchtige Bestie!« hörte ich eine Stimme sagen. »Die dreißig Pfund werden dich teuer zu stehen kommen. Du hast meinen Auftrag nicht ausgeführt, denn der Junge hat dich nie gesehen.«

Die Worte kamen von der Lichtung. Hauptmann Dexter saß zusammengekauert auf seinem Baumstumpf, eingehüllt in den Umhang des Toten und dessen Hut tief ins Gesicht gezogen. Der Hauptmann wurde also mit diesem armen Teufel verwechselt – von Sir John Dexter!

Der große Edelmann stand am gegenüberliegenden Rand der Lichtung und umklammerte einen Baum, um in seinem Wutanfall einen Halt zu haben. Ich bewegte mich – und er bemerkte mich sofort. Aber was er mir dann sagte, zeigte mir, daß er in dem Glauben war, ich hätte seine vorherigen Worte nicht gehört.

»Ah, Junge, gut, daß du da bist. Da ist er. Schieß, Junge, schieß, bevor er flieht! Schnell, töte ihn! Nimm deine Pistole. Schieß doch! Ich befehle dir zu schießen!«

Ich starrte in sein bleiches Gesicht, auf dem zwei rote Flekken der Erregung brannten wie zwei Vorboten des Höllenfeuers. Entsetzen packte mich. Er war der Auftraggeber!

»Du bist verrückt, John. Du gehörst ins Irrenhaus!« Der Hauptmann war aufgestanden. Seine Stimme war rauh vor Angst und Scham. Fleisch und Blut? Sein Fleisch mußte sich zusammengezogen haben und sein Blut erstarrt sein ...

Sir John stierte ihn an. Er griff sich an die Brust. Ich glaubte, sein Herz hätte ausgesetzt. Wahrscheinlich fürchtete er dasselbe. In seinem Gesicht stand panischer Schrecken. Doch dann verwandelte sich sein Gesichtsausdruck, und sein mächtiger Geist stieß den Tod beiseite. Haßerfüllt sah er seinen Bruder an: »Du! Immer du!«

Seine Stimme überschlug sich fast, so laut schrie er diese

Worte. Sie drangen bis an den Rand des Waldes und schienen nur ganz langsam zu verhallen.
»Du!« wiederholte er und stürzte sich wie ein wildes Tier auf den Hauptmann, so daß dieser das Gleichgewicht verlor. Sir John, der nicht mehr bei Sinnen war, entriß ihm die Pistole – die beschädigte, tödliche Pistole, die für mich gedacht war.
»Nein! Um Himmels willen, schießen Sie nicht!« brüllte ich verzweifelt.
Er schien mich nicht zu hören. Langsam hob er die Hand und zielte auf meinen Kopf. Sein Gesicht war verzerrt wie das des Märtyrers in der großen Halle. Seine Seele mußte vollgespickt sein mit Pfeilen.
»Es macht mir keine Freude, dich zu töten, Junge. Aber ich muß es tun, denn du bist nicht mein Sohn. O Gott! Du würdest mich vernichten. Ich könnte in dir nicht leben – so ungeschliffen, so fröhlich und so kräftig. Vielleicht, wenn du anders gewesen wärest – vielleicht wäre es dann niemals so weit gekommen.«
»John! Um Gottes willen, die Pistole!«
»Schießen Sie nicht, Vater!«
Ich nehme an, er glaubte, ich flehe um mein Leben, denn das Letzte, was ich von ihm sah, war ein verachtungsvoller Zug um seine Lippen. Dann drückte er ab.
Er starb nicht sofort, sondern erst nach einigen Minuten und unter heftigen Schmerzen; aber bis Edmund Dr. Newby geholt hatte, war er tot. Alles, was der Arzt sagen konnte, war, daß die Verletzung allein ihn nicht getötet hätte. Der eigentliche Grund sei der schlechte Zustand seines Herzens gewesen. Sir John wurde von Joseph und einem anderen Diener ins Haus getragen. Joseph weinte wie ein Kind.
Sie legten ihn in den Raum, diesen riesigen, leeren Raum, in dem ich ihn zum ersten Male gesehen hatte.
Hauptmann Dexter, der im Gegensatz zu seiner laut klagenden Frau eine eher würdevolle Haltung zeigte, begleitete seinen Bruder. Er hielt es für seine Pflicht, zu der Witwe zu gehen. Ich war höchstwahrscheinlich George Treet und wurde von Mr. Treet zurückgefordert, der nicht von meiner

Seite wich und mir unaufhörlich sagte, wer ich sei und daß er seit drei Tagen verzweifelt versucht hätte, mich zu treffen, um es mir zu erzählen.
Ich sah Mrs. Montague, die sich anscheinend nicht entscheiden konnte zwischen dem Schrecken über den furchtbaren Tod und der Freude, teilweise recht behalten zu haben. Der kleine Tote war also wohl doch George Dexter gewesen; der Geist hatte sie nicht belogen. Künftig konnte sie also den Toten bis ins Grab hinein Vertrauen schenken.
Mit Erstaunen sah ich, daß es erst halb zehn war. Es erschien mir unglaublich, daß die Welt vor eineinhalb Stunden noch so ganz anders gewesen war. Die Luft, das Haus und das Weißbirkenwäldchen schienen auf einmal hell und friedlich – glänzend wie ein Kinderspielzeug, das von winzigen Menschen, zusammengeschrumpften friedlichen Damen und Herren bewohnt wurde.
John, Edmund und Bertram Dexter waren bei ihrer Mutter, murmelten von Zeit zu Zeit leise etwas vor sich hin und blickten sittsam zu Boden, zu den Wänden und zur Decke.
Hauptmann Dexter stand bei uns, sagte aber nichts, außer daß er nach den unwichtigsten Dingen fragte, die es im Augenblick gab – zum Beispiel, ob wir gerne Erfrischungen haben wollten oder ob das Wetter nicht besser geworden sei.
Dr. Newby hatte Lady Dexter inzwischen ein starkes Beruhigungsmittel gegeben und wisperte nun Mrs. Montague seine Geheimnisse ins Ohr.
Selbst die glatten, braunen Dexter an den Wänden sahen aus, als ob sie sich zurückgezogen hätten und zusammengeschrumpft wären – wie Schauspieler nach einer Vorführung, wenn sie dastehen, um den Applaus entgegenzunehmen: kleiner und unwirklicher als die Personen, die sie im Stück dargestellt haben.
Pastor Bennett, der von dem Unglück gehört hatte, kam und sprach sein Beileid aus. Nur Joseph war nicht zu sehen. Er saß an Sir Johns Seite und wollte ihn nicht verlassen, bis Mr. Craddock käme. Dieses schrecklich aussehende Papiergesicht, das zum Rand hin ein wenig vergilbt war, tauchte

auch wirklich bald auf. Mr. Craddock ging sofort zu Sir John und heftete seine alten, kaltblickenden Augen auf den leblosen Körper seines toten Auftraggebers.
»Er hatte ein krankes Herz«, murmelte Dr. Newby.
»Tatsächlich?« fragte Mr. Craddock trocken. »Die Feststellung der Todesursache ist ihre Sache, die Regelung der Folgen meine. Bitte sagen Sie Sir Richard Dexter, daß ich zu seiner Verfügung stehe.«
Etwa eine Stunde lang hatte der Rechtsanwalt eine vertrauliche Besprechung mit dem Hauptmann. In der Zwischenzeit beteuerte Dr. Newby immer wieder, Sir John habe ein krankes Herz gehabt. Er habe ihn immer wieder gewarnt, und er glaube, daß diese Krankheit Sir John zur Verzweiflung gebracht hätte. Vorher sei er nämlich ein ruhiger, vornehmer, zufriedener Edelmann gewesen.
»Zufrieden war er nie, Mr. Newby.«
Joseph war leise ins Zimmer gekommen – mit verweinten, roten Augen. Seine Stimme hörte sich an, als ob er gekränkt sei, weil Zufriedenheit etwas war, das einen Makel darstellte. Ich glaube, Dr. Newby wollte etwas entgegnen – als plötzlich alle schwiegen. Lady Dexter stand auf einmal mitten unter uns. Sie trug ein schwarzes Kleid, das wie Blätterwerk raschelte und von dem sich das Weiß ihres Gesichtes scharf abhob.
»Wenn Sie von Sir John gesprochen haben, meine Herren, so bitte ich Sie, hören Sie meinetwegen nicht auf, denn mir ist es lieber, wenn jetzt über ihn gesprochen wird – und sei es, um den Schleier von seiner Seele zu reißen – als morgen oder irgendwann später.
Joseph, Dr. Newby, Mr. Treet – oh, mein Schwager und Mr. Craddock: Äußern Sie Ihre Gedanken, Ihre Gefühle, und dann lassen Sie es genug sein ...«
»Meine Liebe«, sagte die neue Lady Dexter warnend, »wäre das nicht besser ohne, äh, ohne Fremde?« Sie blickte Mr. Treet und mich abweisend an.
»Gnädige Frau«, antwortete Lady Dexter mit einer merkwürdigen Trauer in ihren Augen, obwohl ihre Stimme so scharf war wie immer, »selbst Sir John war Fremden gegen-

über höflich. Dem jungen Mann hier zu erklären, warum und auf welche Weise man ihm so übel mitgespielt hat, ja sogar seinem Leben fast ein Ende gemacht hätte, ist das mindeste, was wir ihm an Höflichkeit schuldig sind.«

Der unheilvolle Vertrag

»Sein Herz war krank, schon viel länger, als wir alle vermuteten«, begann Dr. Newby langsam.
»Er war verrückt und gehörte ins Irrenhaus«, erklärte der Hauptmann.
»Er war ein Mann, der versuchte, einen Grundbesitz dadurch zu erhalten, daß er seine Seele verpfändete«, sagte der Rechtsanwalt. »Das Fideikommiß hat ihn zugrunde gerichtet.« Für Mr. Craddock war die menschliche Seele nichts weiter als ein Pachtbesitz mit einer unklaren Laufzeit. Der Vertrag mit ihr wurde ganz plötzlich hinfällig, ohne daß es einen Paragraphen für seine Erneuerung gab.
»Er war einer der finsteren Dexter«, meinte Joseph schlicht. »Von Zeit zu Zeit taucht ein finsterer Dexter in der Familie auf. Zuerst glaubte ich, daß es Mr. Richard wäre. Es roch stark nach Zerstörung in diesem Haus. Aber es war mein Herr, der an dieser Vergiftung litt. Große Männer sind auch im Leiden groß – und im Sterben auch.«
Seine kranke Seele, sein krankes Herz oder seine Angst vor dem Tod – was immer man als letzte Ursache annehmen mochte – hatten sich in Haß und Verachtung seinem Bruder gegenüber verwandelt, der, so fürchtete Sir John, eines Tages die Erbschaft antreten würde. So war der Tod seiner ersten Söhne ungewöhnlich bitter für ihn gewesen.
In der Erinnerung daran wurde Lady Dexters Gesicht hart und kalt.
Diese Bitterkeit hatte seine Krankheit mit neuem Gift genährt. Als sein Bruder dann geheiratet hatte, nicht gerade standesgemäß, und einen gesunden Jungen nach dem an-

deren bekommen hatte, waren seine seelischen Qualen fast unerträglich geworden.

»Er hat sich geirrt!« murrte die funkelnagelneue Lady Dexter, »denn obwohl der Stammbaum meiner Familie ein bißchen krumm ist, reicht er doch genauso weit zurück wie seiner, bis zu Adam und Eva. Wenn er mich beleidigt, beleidigt er sich selber, nicht wahr, Sir Richard?«

Selbst als das erste Kind seines Bruders auf den Namen John getauft wurde, hatte er darin nicht eine Geste des guten Willens und der brüderlichen Liebe gesehen, sondern eine schreckliche Prophezeiung: Wenn er, Sir John, starb, würde dieses Kind seinen Platz einnehmen und das blaue Blut der Dexter würde für immer versiegen. Aber kaum einer – wie Joseph sagte – hätte bemerkt, welcher Kummer an seiner Seele genagt hätte, denn Sir John sei ein echter Dexter gewesen und hätte noch angesichts der Hölle lächeln können.

»Dann endlich«, erzählte Dr. Newby, »bekam Sir John einen Sohn, der nicht sofort starb. Das war George. George war zwar auch schwach und kränklich, aber er wachte doch jeden Tag wieder auf.«

»Durch George war das große Erbe der Dexter für Sir Johns Familie gesichert«, warf Mr. Craddock ein. »Das hat ihn doch sehr erleichtert.«

»Ja«, bestätigte Dr. Newby, »Sir John lebte plötzlich auf. Aber dann kam das Unglück: Genau bis zum Ende seines ersten Jahres atmete, weinte und lachte George Dexter. Dann starb er. Sir John muß es gegen sechs Uhr abends bemerkt haben. Ich erinnere mich, daß er die Geburtstagsgesellschaft verließ und einige Minuten fort war. Ich erinnere mich auch, wie bleich er aussah, als er zurückkehrte, und wie ich ihn bat, sich auszuruhen. Doch er winkte ab und sagte, er müsse nach Poynings reiten und wäre wohl in einer Stunde zurück. Dabei lächelte er noch. Merkwürdig, bedenken Sie, wie groß die Last war, die er trug.«

Was war geschehen? Sir John war in das Zimmer seines Sohnes gegangen. Er sah das schlafende Kindermädchen und sein Kind. Plötzlich überkam ihn ein Gefühl väterlichen Stolzes. Er wollte den Gästen seinen Erben zeigen. Er beugte

sich hinab, berührte das Kind und fuhr entsetzt zurück. Das Kind war kalt. George Dexter war tot.
Was für eine Situation! Plötzlich befiel ihn ungeheure Bitterkeit über das verhängnisvolle Schicksal, das ihn immer wieder auf so grausame Weise in den Abgrund riß. Aber er wurde nicht verrückt, jedenfalls nicht im eigentlich medizinischen Sinne.«
»Er war nie verrückt!« rief Joseph aus.
»Er war reif für das Irrenhaus«, murmelte Hauptmann Dexter. »Nur ein Verrückter konnte handeln, wie er es tat. Er ging also hinunter zu den Gästen und tat, als ob nichts geschehen sei. Nach einer Weile ging er wieder hinauf zu seinem toten Sohn, trug ihn aus dem Haus und vergrub ihn wie ein Wahnsinniger im Wäldchen – als ob er damit hätte den Tod des Kindes geheimhalten können, nicht nur vor der Welt, sondern auch vor sich selbst. Das ist doch Irrsinn, ein entsetzlicher Irrsinn!«
So war der kleine George Dexter einfach verschwunden, scheinbar entführt, und die verzweifelte Suche hatte begonnen – unter der Führung von Sir John selber, der dann am nächsten Tag nach London gefahren war, um Mr. Craddock aufzusuchen.
»Er hat mir niemals von dem Tod des Kindes erzählt«, sagte der Rechtsanwalt. »Sonst hätte ich natürlich nie für ihn gearbeitet. So aber war er mein Auftraggeber, und es war meine Pflicht, ihm zu glauben, als er von der Entführung des Kindes erzählte. Natürlich war ich der festen Überzeugung, daß wir das Kind – gegen einen entsprechenden Geldbetrag – bald zurückbekommen würden, und ich konnte es zuerst gar nicht glauben, daß sein jüngerer Bruder, Hauptmann Dexter, seine Hand im Spiel haben sollte. Aber mein Auftraggeber war davon überzeugt, wie mir schien.
Sir John war fest entschlossen, zu verhindern, daß der Entführer von dem Verbrechen profitieren könne, und so wurde, für den Fall, daß sein Sohn nicht zurückgebracht werden würde, folgender Plan beschlossen: Ich sollte ein Kind ausfindig machen, das dasselbe Alter und die gleiche Haarfarbe hatte wie sein Sohn, und dieses Kind für sechzig

Pfund pro Jahr kaufen, die jeweils am 3. Juni und am 3. November zu zahlen wären, bis der echte George Dexter eines Tages entdeckt würde. In diesem Fall sollte das Abkommen mit einer Zahlung von fünfhundert Pfund ein Ende finden. Falls aber George Dexter nicht gefunden oder zurückgebracht würde, mußte das andere Kind Sir John übergeben werden. Das sollte geschehen, wenn ich sagen würde: ›Mein Auftraggeber hat mir befohlen, nie mehr zu kommen.‹«

»So haben Sie mich also in allem belogen«, sagte ich bitter zu Mr. Treet, meinem Vater. »Sogar der Fremde, der im Sturm mit dem Kind kam, war eine Lüge.«

»Aber es war stürmisch, mein Liebling, und was das Kind betrifft – nun, von einem gewissen Standpunkt aus stimmt es ...«

»Das tut es nicht. Von einem gewissen Standpunkt aus stimmt es absolut nicht!«

»Aber George, der Fremde, hm, Mr. Craddock brachte ein Bündel mit, das zuerst wirklich so aussah, als wäre ein Kind darin, aber es war nur Wäsche und die alte Rassel, du weißt ... Versteh mich bitte, George ...«

»Trotzdem verkauft. Ich war dein Sohn George, nicht Joseph.«

»Der Joseph aus der Bibel wurde aus Neid und Haß verkauft.« Mr. Treet blickte einen Augenblick zornig, dann schüttelte er den Kopf. »Ich liebte dich tatsächlich, George, doch ich glaubte, ich sollte dich abgeben, weil Sir John viel besser für dich sorgen konnte als ich. Außerdem nahm ich an, daß sie den wirklichen George doch finden würden. Ich wollte wirklich nur unser Bestes, mein Liebling. Danach mußt du mich beurteilen.«

Mr. Treet war anscheinend überzeugt, daß er sich gut aus der Affäre gezogen hatte. Aber von mir bekam er den erwarteten Beifall nicht.

»Und die Narbe, Mr. Treet? Wie kommt es, daß ich die Narbe habe?«

Er sah verlegen aus, was bei Mr. Treet sehr selten vorkam. »Ich schwöre dir, ich habe es nicht getan, das hätte ich nie gekonnt.«

»Wer also war es?«
»Der Jurist, liebes Kind, mit einem Taschenmesser.«
»Und – und Sie standen daneben und sahen ihm zu?«
»Nein«, sagte Mr. Treet würdevoll. »Ich habe das Zimmer verlassen und mir die Ohren zugehalten. Das hätte ich auch für zweimal dreißig Pfund im Jahr nicht ansehen können.«
»Und meine Mutter?«
»Sie war damals in Shoreham.«
»Gott sei Dank, dann war wenigstens einer meiner Eltern nicht völlig ehrlos.« Voller Empörung über das, was Mr. Treet erzählt hatte, schüttelte ich seine Hand von meiner Schulter und hielt mich für das am meisten mißhandelte einjährige Kind seit der Zeit des Königs Herodes.«
So war der Vertrag geschlossen worden, und seitdem hatte Mr. Treet dreizehn Jahre lang in jedem Juni und jedem November die Miete für mich erhalten. Die Niedergeschlagenheit, die er dabei jedesmal verspürte, hatte er zwischen den Zahltagen in die hinterste Ecke seines Bewußtseins verdrängt – die wohl die größte ihrer Art gewesen sein mußte. Sir John Dexter aber hatte dreizehn Jahre lang die Geschichte von der Schuld seines Bruders verbreitet.
»Nichtsdestoweniger glaube ich«, sagte Dr. Newby, »daß, wenn Sir John sich vom medizinischen Standpunkt aus in einem weniger verhängnisvollen Zustand befunden hätte, es nicht so weit gekommen wäre. Denn erst als ich ihm gesagt hatte, daß er nur noch kurze Zeit zu leben hätte, reagierte er so – so anormal.«
Er beschloß, sich mit seinem Bruder zu duellieren, zweifellos in der Hoffnung, getötet zu werden. Für den Fall seines Todes, den er erhofft und zugleich gefürchtet haben muß, hatte er Mr. Craddock beauftragt, seinen Bruder öffentlich als Mörder anzuklagen und den Treet-Jungen ins Haus zu holen. Damit wäre der Ruin der Familie seines Bruders endgültig gewesen.
»Schließlich war er mein Auftraggeber«, erklärte Mr. Craddock.
»Er muß der Teufel persönlich gewesen sein!« schrie die neue Lady Dexter.

»Nein, gnädige Frau. Sein Herz war krank, glauben Sie mir, nur das war der Grund.«
Sir John war bei dem Duell nicht getötet worden, obwohl er sich in die Bahn der Kugel gestürzt hatte. Er hatte aber doch geglaubt, tödlich verletzt zu sein, und hatte deswegen Mr. Craddock zu Mr. Treet geschickt, damit der falsche Sohn gebracht würde.
»Das traf mich ins Herz«, murmelte Mr. Treet. »Denn ich hatte geglaubt, das würde niemals geschehen. Aber ich dachte an dich, George – an die Liebe, den Reichtum und die Freuden, die dich hier erwarteten. Ich kannte die Wahrheit noch weniger als Mr. Craddock und glaubte immer, er selber sei der Auftraggeber.«
So hatte Sir John auf dem Krankenbett gelegen, Tag für Tag. Er hatte befohlen, daß das Haus allen Leuten offenstehen sollte. Keiner durfte fortgeschickt werden, denn er hatte doch auf das gekaufte Kind gewartet.
»Ich erfüllte meine Pflicht«, sagte Mr. Craddock.
»Ich auch«, murmelte Mr. Treet.
»Wer hat also versagt?« fragte Lady Dexter kühl. »Die betrogene Mutter oder das betrogene Kind?«
»Entschuldigen Sie, gnädige Frau, und Sie, Mr. George«, sagte Joseph ruhig, »aber es war mein Herr, der versagt hat.«
Dann berichtete dieser sonderbare, überall Verschwörungen witternde Diener von dem, was er für die letzte Tragödie seines Herrn hielt: daß nämlich die Wahrheit sich rächte. Denn Lady Dexter – obwohl sie zuerst Zweifel hatte und Mr. Treet für einen Betrüger hielt – glaubte schließlich, ihr Kind wiedergefunden zu haben. Sie liebte ihren Sohn, wobei sie sich allerdings durch ihr ironisches Verhalten gegen eine mögliche Enttäuschung zu wappnen versuchte.
»Sie, Mr. George, Sie strebten mit der ganzen Macht Ihres Herzens danach, des vornehmen Edelmannes würdig zu sein, den Sie für Ihren Vater hielten – und ich spürte, daß ihm das nicht gefiel. In allen seinen Talenten«, erzählte Joseph weiter, »seinen Fähigkeiten, in seiner Aufgewecktheit, seiner Fröhlichkeit und seiner herzlichen Zuneigung ...«

Bei diesen Worten lächelte Mr. Treet stolz.
»... die alle anderen an dem neuen George so schätzten, sah er nur die Eigenschaften eines Marktschreiers.«
Hier runzelte Mr. Treet die Stirn und zog sich etwas zurück.
»Denn obwohl Sir John die Welt betrügen wollte und betrogen hat, konnte er doch nicht sich selbst betrügen und auch nicht seinen toten Sohn.«
Oft war Joseph ihm in der Bibliothek begegnet, in die er sich zurückgezogen hatte, um allein zu sein. Er hatte die gemalten Dexter angestarrt, die das Geheimnis seines Herzens kannten. Wie mußte er sie gefürchtet haben. Wie mußten sie ihn verfolgt haben, selbst in seinen Träumen.
»Wir lassen uns nicht täuschen. Du mißbrauchst dein Erstgeburtsrecht. Du betrügst uns.«
Joseph schwieg, und ich blickte hinauf zu dem finster lächelnden Dexter. Mich schauderte.
So hatte Sir John also beschlossen, mich zu töten, denn er war in seinem Betrug zu weit gegangen und konnte ihn nicht mehr rückgängig machen. Und doch – bis heute glaube ich, daß noch etwas anderes in ihm vorging. Selbst nach dem Streit, den ich mit seinem Neffen behabt hatte und der ihn sehr gequält haben muß. Denn er hatte mir zwar die beschädigte Pistole gegeben, aber auf der anderen Seite hatte er mir doch auch dreißig Pfund zusätzlich überlassen und das offensichtlich in der Hoffnung, daß ich sie dazu verwenden würde, mit den Treets fortzugehen. Denn der Mann, der bezahlt worden war, sollte mir erst bei meiner Rückkehr auflauern.
Mein Gott, wie muß ihm zumute gewesen sein, als er den Schuß hörte – und als ich trotzdem zurückkam. Denn nun wußte er, daß er den Mord mit eigener Hand ausführen mußte.
Sir John wurde auf dem Friedhof von Fulking beigesetzt und ein Bild, das aus seiner Jugendzeit stammte, an einer besonders dunklen Wand aufgehängt. Aber manchmal, wenn das Licht darauf fällt, zeigt er dasselbe gezwungene, unruhige Lächeln wie die anderen verstorbenen Dexter – als ob sie alle Zeugen eines merkwürdigen Scherzes gewe-

sen wären, den sie zwar niemals verstanden hatten, über den sie aber aus Vornehmheit lächeln zu müssen glaubten.
Mr. Treet stand auf. »Komm, George, mein Sohn. Deine Brüder und Schwestern werden sich fragen, was aus uns geworden ist.«
Ich blickte ihn an. Er stand neben mir wie eine Säule, die alle Tugenden in sich vereinigt hat und nicht stürzen kann. Ich war sehr verbittert.
»Ja, natürlich, Mr. Treet. Ihre Kinder könnten sonst vielleicht auf den Gedanken kommen, daß sie jetzt alle an den Wirt des Gasthauses ›Zum Schäfer und seinem Hund‹ verkauft worden seien. Ich hoffe doch, wir sind noch sieben. Oder ist Hotspur vielleicht an den Prinzen von Wales verkauft worden? Denn ich möchte, daß sie alle darüber Bescheid wissen, daß wir nur an vornehme Häuser verkauft werden.«
»George! Ich bin dein Vater ...«
»Was die Sache nur noch schlimmer macht. Ich werde Ihnen nicht vergeben, niemals!«
»George ...«
»Ich weiß nicht, wie Sie es schaffen, ein so großartiger Mann zu sein, denn das sind Sie. Und doch verdienen Sie es nicht.«
»Vielleicht ein blinder Fleck, Junge. Wir haben alle einen blinden Fleck.«
»Ein blinder Fleck? Du lieber Himmel! Es ist ein ganzer Ausschlag.«
»George ...«
»Und nun erwarten Sie, daß ich zu Ihnen zurückkehre?«
»George ...«
Mein Freund, der Hauptmann, unterbrach ihn: »Wenn es sich machen ließe, wäre ich stolz, dich ›Sohn‹ nennen zu dürfen, George.«
»Papa!« Bertram Dexter glühte vor Wut. »Er ist ein Vagabund!«
»Sei still! Ich würde fünfzig von dir für ihn geben. Ich warne dich. Wenn du noch einmal Kopfschmerzen oder Bauchschmerzen hast, wird Dr. Newby dich mit Pillen

gesundschießen. Denn George war mein Freund, als ich ein Flüchtling war, während schon der Gedanke an dich wie eine Fessel um meinem Herzen lag. Nun, Mr. Treet, sind Sie einverstanden?«

»Mr. Treet, Bruder.« Lady Dexter, mit blassem Gesicht und ironischem Lächeln, stand plötzlich neben mir. »Wenn dieser Junge eine – eine käufliche Ware ist, dann habe ich, glaube ich, als erste Anspruch auf ihn. Ich kann ihm viel bieten, Mr. Treet. Überlegen Sie es sich. Sag ja, George, bitte!«

Ich war gerührt, denn ich hätte nie geglaubt, daß Lady Dexter mich so in ihr Herz geschlossen hatte. Mr. Treet sah mächtig verlegen aus, aber auch fast ein bißchen verschlagen.

»Noch einmal tausend Pfund«, sagte Lady Dexter sanft.

»Zweitausend«, bot der Hauptmann, der noch nicht einmal seine Schulden bezahlt hatte.

Mr. Treet blickte mich an. Er hob seine breiten Schultern, und seine Augen waren ganz feucht. Er lächelte hilflos. Auf einmal wurde mir klar, daß es einfach nicht möglich war, auf Mr. Treet böse zu sein.

»Wir Treets«, sagte er, »sind wie Adler. Wir kreisen, taumeln und drehen uns hoch oben in der Luft – sogar unsere Kleinen, die gerade erst flügge sind. Liebe Freunde, was könnten Sie schon für einen Adler tun, außer ihn in einen goldenen Käfig sperren? Haben Sie je die Geister im Luzifer-Rauch emporsteigen sehen? George sah sie. Haben Sie je die Engel im Teufelsfeuer gesehen? George sah sie. Kennen Sie die Eigenschaften des Berlinsirups oder der Zitronenkristalle? George kennt sie. Wollen Sie, daß ich ihm all das wieder nehme und ihn um unsere künftigen Triumphe bringe? Nein, George Treet ist mein Sohn – und nicht zu verkaufen.«

Als er zu Ende gesprochen hatte, schwammen meine Augen in Tränen. Nicht wegen der Rede meines Vaters, sondern aus tieferen Gründen. Ich weinte vor Freude, ja, wirklich. Denn erst in diesem Augenblick begriff ich, daß meine goldene Vergangenheit sich nun zu einer goldenen Zukunft erweitern würde. Daß ich wieder drei Brüder und drei

Schwestern haben und daß die Treet-Familie wieder aus Mr. Treet und sieben Genies bestehen würde. Ganz zu schweigen von Otway, unserem einzigartigen Pferd.
Aber um auf Mr. Treet und seine großartige Ansprache zurückzukommen, ich sah ihn in seinem ganzen einfältigen Ruhmesglanz dastehen und konnte nicht sofort etwas sagen. Ich sah, wie unsicher er aussah, sogar ein wenig schuldbewußt, und ich fand noch immer keine Worte.
Da legte Lady Dexter ihren Arm um meine Schulter und sagte in ihrer unvergleichlichen Art: »Nun hast du erkannt, daß Mr. Treet nicht der schlimmste aller Bösewichte ist, lieber George. Verlange aber auch nicht, daß er der strahlendste unter den Helden ist. Es gibt etwas dazwischen. So vergib ihm, denn ich bin sicher, er ist ein großer Mann, trotz allem.«
Ich muß gelächelt haben, und Mr. Treet lächelte auch und sagte: »George, George ...« Fünf- oder sechsmal, als ob es ihm Freude mache, den Namen auszusprechen.
Ich konnte immer noch nichts sagen, und ich konnte nicht aufhören zu lächeln, so sehr ich es auch wünschte. Verzweifelt versuchte ich, meine Gedanken auf schreckliche und traurige Dinge zu lenken, um ernst zu blicken, wie es die allgemeine Situation erforderte – aber es gelang mir nicht. Ich blickte aus dem Fenster und sah über das weite, kahle Grün sechs der talentiertesten Persönlichkeiten Englands in einer Linie hüpfend näher kommen.
»Wenn du jetzt gehst, George«, rief Sir Richard Dexter, als ich mich verabschiedete, »denk immer daran, daß ich stolz gewesen wäre, dich meinen Sohn nennen zu dürfen.«
»Bevor Sie gehen, Mr. George«, fügte Joseph hinzu, »denken Sie immer daran, daß ich traurig bin, daß Sie nicht George Dexter sind.«
»Und denken Sie auch an uns!« rief Mr. Rumbold, der einige Minuten vorher eingetroffen war. »Ich versichere Ihnen, Mrs. Rumbold und die Kinder werden erstaunt sein, wenn sie hören, daß Sie George Treet sind. Wir haben immer geglaubt, Sie seien eher ein Prinz als ein Dexter!«
Lady Dexter verabschiedete sich nicht, da sie uns alle am

Nachmittag im Wirtshaus besuchen wollte. Diese Ehre zerriß dem Wirt fast die Hose, weil er vor lauter Verbeugungen und Kratzfüßen nicht mehr aufrecht stehen konnte.
Lady Dexter sprach von einem Plan, den sie im Sinn hatte und der Edward unglaublich interessierte, da es der Plan einer Dame aus so alter Familie war. Hotspur konnte sich natürlich nicht beherrschen, sondern quälte sie.
»Ein Geheimnisz, ein Geheimnisz! Szagen Szie unsz dasz Geheimnisz!«
Aber sie wehrte lächelnd ab und sagte ihm, daß er geduldig sein müsse, sonst brächte sie ihn eigenhändig ins Bett.
Ich glaube, am meisten war sie von Jane beeindruckt, wegen ihres gesundes Menschenverstandes und wegen ihrer sanften Art. Von Lady Dexter wiederum war Rose Treet sehr beeindruckt, denn die Lady, so schätzte sie, habe mindestens ihre zehntausend Pfund im Jahr.
Bald erfuhren auch wir von dem geheimnisvollen Plan Lady Dexters. Sie wollte in ein elegantes Haus in London ziehen, und zwar hauptsächlich, um Mr. Treet und uns übrige zu fördern, da sie in uns eine höchst kostbare und wertvolle Investition für ihr Glück sah. Eine Woche später war sie in London, an dem gleichen Tag, an dem wir selber ankamen.
Seit dieser Zeit ist sie uns eine so zuverlässige, starke, manchmal auch kritische Freundin gewesen, wie man sie sonst in der ganzen Welt vergeblich suchen würde. Ihr Interesse und ihre Anteilnahme erlahmen nie, und wenn wir fort sind, erkundigt sie sich nach den neuesten Ereignissen und besteht darauf, daß ich ihr oft schreibe und meine Briefe mit dem Ring versiegle, den sie mir geschenkt hat.
Von Zeit zu Zeit ergänzt sie Mr. Treets Kapital. Es ist nie eine große Summe, aber immer genug. Und jedesmal sagt sie mit ihrem kühlen Lächeln: »Seien Sie sparsam, Mr. Treet. Seien Sie klüger. Großartigkeit allein genügt nicht. Ich bestehe darauf, daß Sie zurückhaltender sind, besonders mit den Zitronenkristallen, sonst komme ich das nächste Mal selbst mit.«
Mein eigener Einfluß in der Familie ist natürlich aufgrund

meines zweimonatigen vornehmen adligen Lebens sehr viel größer geworden. Selbst Edward unterwirft sich nun manchmal meinem Urteil, wenn es um Rechts- oder Stammbaumprobleme geht, und Rose, wenn es sich um Vermögensfragen handelt. Henry hat großen Respekt vor meinen Erfahrungen im Umgang mit Waffen und Jane vor meinen Kenntnissen über Umgangsformen, Benehmen und Aussehen. Und für Hotspur bin ich nun »George, der Edel-Geniusz«.

Wie ich gehört habe, macht das Haus in Fulking unter seinen neuen Besitzern nun einen etwas freundlicheren Eindruck, obgleich es immer finster wirken wird und die Nebel das Wäldchen nie ganz freigeben werden. Aber der große Sir John Dexter lebt nicht mehr. Der kleine tote Edelmann liegt nun auf dem Friedhof neben seinem Vater, und er spricht nie mehr mit Mrs. Montague.

Einige Anmerkungen

Allongeperücke: langlockige Perücke des 17. und 18. Jahrhunderts.

Aloe: dickblättrige Zier- und Heilpflanze, besonders häufig in den Steppen Südafrikas.

Amethyst(ring): blauvioletter Halbedelstein.

Baronet: englischer Adelstitel. Die Baronets stehen innerhalb des niederen Adels an erster Stelle. Ein *Lord* gehört zum hohen Adel.

Galionsfigur: eine Figur (Gott oder Göttin, Mensch- oder Tiergestalt) am Bug alter Segelschiffe.

Guinee: ehemalige englische Goldmünze.

Kent: südenglische Grafschaft, ebenso *Sussex*.

Tower: Festung in London, im 11. bis 13. Jahrhundert gebaut. Der Tower war ursprünglich königliche Residenz, später Staatsgefängnis.

Tudor, Tudorzeit: englisches Königshaus, regierte 1485 bis 1603.

Ziselierung: mit Meißel, Stichel oder Feile angebrachte Verzierung auf Metallgegenständen.

Dieses Buch »Der Fremde im Nebel« erschien zuerst in der Reihe »arabu«. In dieser Reihe des Verlages Aschendorff Münster liegen noch weitere spannende Abenteuerbücher vor, zum Beispiel:

Raumschiff zur Venus Centauri. Von Gerhard Ross. – Leben auf anderen Sternen – wie könnte das aussehen, was würde geschehen, wenn Menschen einen solchen Stern entdeckten? Gerhard Ross dachte darüber nach und schrieb dieses Weltraumabenteuer von der Urwelt, die auf einem fernen Planeten noch Gegenwart ist. 191 Seiten, 5 doppelseitige Abbildungen, Linson 12,80 DM.

Rothaut, verschwinde! Von Evelyn Sibley Lampman. – Eine Geschichte aus der Pionierzeit Amerikas. Der junge Krähenindianer Hardy sucht seinen weißen Vater irgendwo hinter den Bergen unter Siedlern und Trappern. »Ganz aus der Sicht des Indianers gewinnt der Leser ein farbiges, überraschend getreues und ehrliches Bild der damaligen Zeit.« (Schweizerische Lehrerzeitung). »Mit Nachdruck empfohlen!« (Die Schülerbücherei). 2. Auflage, 256 Seiten, Linson 13,80 DM.

Das Tal der 7 Winde. Von Georg Schönauer. – Die Jungen Fred und Jim reiten ins Tal der sieben Winde. Sie sind einem Geheimnis auf der Spur. Doch schon bald müssen sie erkennen, daß sich keineswegs alle Geheimnisse entschleiern und daß nicht alle Abenteuer mit einem Sieg enden. »Eine Geschichte, die das Herz jedes Jungen höherschlagen läßt.« (Österreichische Jugendschriftenkommission Wien).
134 Seiten, 4 Zeichnungen, Linson 11,80 DM.

arabu gehört dazu!
Jugendbücher aus dem Verlag Aschendorff
arabu

Kennen Sie das Arena-Programm wirklich?

Wichtige literarische Auszeichnungen für Arena-Bücher

Ausgezeichnet mit dem Europäischen und Deutschen Jugendbuchpreis:

Otfried Preußler
Krabat

Ausgezeichnet mit dem Deutschen Jugendbuchpreis:

Kurt Lütgen
Kein Winter für Wölfe

Kurt Lütgen
Das Rätsel Nordwestpassage

Ausgezeichnet mit dem Kurt-Lütgen-Sachbuchpreis:

Franz Kurowski
Satelliten erforschen die Erde

Karl Rolf Seufert
Durch den Schwarzen Kontinent

Ausgezeichnet mit dem Friedrich-Gerstäcker-Preis:

Kurt Lütgen
Der große Kapitän

Kurt Lütgen
Wagnis und Weite

Kurt Lütgen
Hinter den Bergen das Gold

Karl Rolf Seufert
Die Karawane der weißen Männer

Arena

Arena-Sachbuch-Reihe
»Wissenschaft und Abenteuer«

Desmond Doig: Auf den Spuren des Schneemenschen
Jagd auf den geheimnisvollen Yeti
im ewigen Eis und Schnee des Himalaja-Gebirges.

Howard Carter: Ich fand Tut-ench-Amun
Einer der sensationellsten archäologischen Funde
war die Entdeckung dieses Pharaos.

Eugen W. Pfizenmayer: Mammuts und Schamanen
Die abenteuerliche Bergung vorgeschichtlicher
Mammuts im tiefsten Nordsibiren.

Wendel Philips: Flucht aus dem Jemen
Gefährliche Erlebnisse eines Archäologen-Teams.

Franz Behounek: Sieben Wochen auf der Eisscholle
Eines der tragischsten Kapitel in der Geschichte
der Erforschung des Nordpols.

Marcel F. Homet: Geheimnis am Amazonas
Die Suche nach einer »riesigen Stadt hohen Alters«
im unerforschten Amazonasbecken.

Heinrich Schliemann: Vom Skamander zum Löwentor
Von der Forschung nach dem sagenhaften Troja
bis zu den Ruinen von Mykenä.

Peter Throckmorton: Das geheimnisvolle Wrack
Junge Forscher bergen das älteste Hochseeschiff
aus der Bronzezeit

Hans Ertl: In den Tälern von Pai-titi
Die gefährlichen Hindernisse reizen den Forscher,
die verschollene Kultstätte der Inkas zu suchen.

Amundsen/Scott/Hillary: Dreimal zum Südpol
Triumpf, Niederlage und Erfolg drei der mutigsten
Männer.

Jeder dieser Bände, von Heinrich Pleticha herausgegeben und bearbeitet, hat 72 Seiten, eine zweifarb. Karte und mehrfarb. lamin. Schutzumschlag.

Eine anspruchsvolle Science-fiction-Trilogie bei Arena

Eine mehrfach preisgekrönte Science-fiction-Serie von dem amerikanischen Autor John Christopher:

Unsere heutige Zeit ist längst untergegangen, und riesige, metallene Dreibeiner beherrschen die Erde. Sie haben aus den Menschen Automatenwesen gemacht. Dieser Versklavung wollen Will Parker und zwei andere Jungen entgehen. Ihr Ziel sind die Weißen Berge, wo die letzten freien Menschen Zuflucht gesucht und wo die Monster keine Macht haben. Von dort soll der Kampf gegen die metallenen Ungeheuer beginnen.

Dreibeinige Monster auf Erdkurs
Auf der Flucht vor den außerirdischen Herrschern der Welt.

Das Geheimnis der dreibeinigen Monster
Als Spion in der goldenen Stadt der außerirdischen Herrscher.

Der Untergang der dreibeinigen Monster
Der Kampf gegen die außerirdischen Herrscher der Welt.

Eine Trilogie, die zunächst begeistert, weil man in einen Spannungstaumel gerät. Aber dann beginnt eigentlich erst die Wirkung: Diskussion, Nachdenken und Begreifen. Niveauvolle Science-fiction-Story voll atemberaubender Spannung! VJA, Hessen

Jeder Band hat 144 Seiten Umfang und mehrfarbigen laminierten Schutzumschlag

---

Arena

Unsere neuen Reihen-Symbole erleichtern die Auswahl

Unter diesen Zeichen findet ihr in der Arena-Taschenbuch-Reihe Bände aus euren Interessengebieten:

- Großschrift-Reihe – vierfarbig illustriert
- Abenteuer – ferne Länder
- Sachbücher
- Sportbücher
- Rätselbücher – Basteln – Hobby
- Weihnachtsbücher
- Tiererzählungen
- Indianerbücher
- Kriminalerzählungen
- Mädchenerzählungen

Jedes Arena-Taschenbuch wird durch ein Reihen-Symbol gekennzeichnet.

Ihr begegnet den Zeichen auch auf den drei folgenden Seiten mit dem Verzeichnis aller lieferbaren Arena-Taschenbücher.

Arena

Arena-Taschenbücher günstig im Preis

Großschrift-Reihe, vierfarbig illustriert ■
Märchen und Kindererzählungen

1157	Und viel Spaß . . .	J M ab 6
1165	Margot Naumann, Der rotkarierte Omnibus	J M ab 6
1176	Imogen Chichester, Trixelinchen Hexenkind ♛	J M ab 8
1188	Hans Baumann, Die Reise mit dem Einhorn	J M ab 6
1191	R. Otto Wiemer, Kalle Schneemann	J M ab 7
1195 ■	Das Traummännlein erzählt	J M ab 5
1200 ■	Adolf Oehlen, Zwei Räuber und ihr Gockelhahn	J M ab 6
1203	F. E. Meyer, Neues von mir und meinem Bruder	J M ab 8
1204 ■	R. O. Wiemer, Das Pferd das in die Schule kam	J M ab 6
1208 ■	J. Permjak / H. Baumann, Glückliche Trompete	J M ab 6
1211	R. v. Rosenberg, Das Geheimnis von Miramonte	J M ab 8
1215	Barbara Götz, Die Reise mit Apeldag Spuk	J M ab 8
1219 ■	Ilse van Heyst, Das riesenrunde Riesenrad	J M ab 6
1225 ■	Carl Josef Grund, Wo steckt Zacharias?	J M ab 6
1227	I. Rodrian, Das Abenteuer mit der rosaroten 7	J M ab 8
1231 ■	Barbara Götz, Jonathan und Mucko Murr	J M ab 6
1235 ■	M. u. F. Mehling, Das kleine Osterbuch	J M ab 8
1243	W. Krapiwin, Die zerplatzte Riesenmelone	J M ab 8
1247 ■	Sigrid Mordi, Roland mag nicht	J M ab 6
1249	Sigrid Heuck, Zacharias Walfischzahn	J M ab 8
1253	B. Götz, Dreimal Stern und fünfmal Schnuppe	J M ab 8
1254 ■	Sigrid Mordi, Dreckigsein ist schön	J M ab 6
1265	Wladislaw Krapiwin, Steig Drachen steig	J M ab 10
1269 ■	Ilsemarie Pfeiffer, Mit Katzen kann man spielen	J M ab 5
1271	Michael Meisner, Quissel und Quassel	J M ab 8

Weihnachtsbücher

1094	R. O. Wiemer, Pit und die Krippenmänner ♛	J M ab 6
1117	E. Engelke, Bastelvorschläge für die Weihnachtszeit	J E
1145	Hermann Gerstner, Tannenduft und Lichterglanz	J M ab 10
1173	M. und F. Mehling, Weihnachten in der Familie	J E
1239	R. O. Wiemer, Ludmilla Winzig	J M ab 8
1273	Karin Walther, Kinder basteln Weihnachtsschmuck	J M ab 8

Tiererzählungen

1115	Kurt Lütgen, Das Elefantenjahr	J M ab 12
1149	Nicholas Kalashnikoff, Faß zu, Toyon! ♛	J M ab 12
1206	Peter Krott, Paß auf, Tupu! ♛	J M ab 10
1223	May d'Alencon, Florian und Roter Blitz ♛	J M ab 8
1234	M. Mackay, Der Ritt auf dem Delphin ♛	J M ab 8
1245	W. Corbin, Christoph und sein Hund ♛	J M ab 12
1257	Farley Mowat, Wol und Wieps	J M ab 10
1266	Hugo Kocher, Der silberne Räuber	J M ab 12

Arena